悪役令嬢だそうですが、攻略対象その5以外は興味ありません1

千遊雲
Yuun Sen

RB
レジーナ文庫

登場人物紹介

青藍
ホワイトリーフ家のメイドに扮し、
ユナの護衛を務めている。
けれど、いつもユナに
撒かれてしまい……
ノルディア・カモミツレ
乙女ゲームの攻略対象その5。
この世界では珍しく
全く魔法が使えない。
慕ってくるユナを
兄のように見守る。
ユナ・ホワイトリーフ
前世の記憶を持つ、公爵家の令嬢。
“攻略対象その5”以外は
何も目に入らないほど恋い慕う
猪突猛進な性格。
なぜか桁外れの魔力を持っており、
闇の精霊と契約を結ぶ。
???
ユナと契約を結んだ精霊。
その正体は……?

アルセイユ・ホワイトリーフ
ユナの父親。この国随一の権力を持つ公爵家当主。ユナにはめっぽう甘い。
リディナ・ホワイトリーフ
ユナの母親。結婚前、妖精姫とうたわれていたほどの美貌を持つ。
ルーファス・ラベント
ユナの魔法の先生。水と火の精霊と契約している。乙女ゲーム攻略対象その2。
リージア・ホワイトリーフ
ユナの兄。重度の魔法具コレクター。ユナに振り回される苦労人。
フェリス・ユーフォルビア
ユーフォルビア王国の王子。クールな見た目に反し、実は世話好きな性格。乙女ゲーム攻略対象その1。

目次

悪役令嬢だそうですが、攻略対象その5以外は興味ありません 1

プロローグ　攻略対象その五と同じ世界に転生だそうです

唐突ですが聞いてください。

私には愛してやまない人がいました。

その人の名前はノルディア・カモミツレ。

『君と紡ぐ千の恋物語』、ファンからは略して『君紡《きみつむ》』と呼ばれていた乙女ゲームの攻略対象の一人でした。


鳶色《とびいろ》の短髪に、紅玉のような瞳。

魔力の強大さが全ての価値基準の世界で、魔力を全く有していないにもかかわらず、王族の護衛騎士になってしまうほどの剣士がノルディア様です。

魔力なしということで馬鹿にされたとしても、決して前に進むことをためらったりしない、信念に真っすぐなところは格好良くて。

それなのにブランデーの効いたチョコレートケーキが大好きで、「男のくせに恥ずかしい」と隠そうとするところは、思わず直視できないほど可愛すぎるくらいで。

何度ＳＮＳで「ノルディア様が大事にする剣になりたい！　それが無理なら汗の染《し》み込んだタオル！　吐く息でも可！　でもこれから吸われる空気でも……」と呟いたことでしょう。

私にとってノルディア・カモミツレという存在は、液晶画面の向こう側、どうやったって手の届かない二次元のゲームの中のキャラクターだったけれど。

それでも、この世の何よりも愛していて、生きる理由と言っても過言でない存在でした。


さて、私がなぜ急にそんなことをつらつらと考えたかと言いますと……


「わぁ～！　可愛い赤ちゃん！」

ニコニコと私の顔を覗《のぞ》き込むその人が、どう見ても『君紡《きみつむ》』の攻略対象その三の、リージア・ホワイトリーフでしかなかったからです。

白銀の髪に、緑色の瞳。それから、優しそうな印象を与えるタレ目。

幼い見た目になってはいるものの、『君紡《きみつむ》』のパッケージに描かれていたキャラクターにそっくりです。

「あぅ⁉（え⁉）」

私の口から漏れた驚愕の声は、見事に赤ちゃんの声に変換されています。

つまり……もしかしてこれは……

「僕がユナのお兄ちゃんだよ。よろしくねぇ」

突然抱っこされた私はその分視点が高くなり、その視界には満面の笑みを浮かべたリージアがいました。

ニコニコとするリージアの言葉は、紛れもなく私に向けられたもので……

「あうううううううう（えええええええええ）⁉」

私、ノルディア様と同じ世界に生まれてしまいました⁉

つ、つ、つ、つまり私のいるこの世界の空気は、ノルディア様が吐いた息も混ざっているということでしょうか？

え、私、そんな神聖な空気を吸ってしまって良いのですか？　罰《ばち》が当たったりしませんか？

というかこれは夢ではなく⁉

夢でないとしたら、前世の私、どんな徳を積んだらそんな奇跡が起きるのです⁉

……何にせよグッジョブです‼

突然奇声を上げた私に、リージア……いえ、リージア兄様……リー兄がびくっとしてしまいました。申し訳ないです。

リー兄は、乙女ゲームの攻略対象というだけあって、非常に顔が良いです。驚いた顔ですら、こちらがびっくりしてしまうくらい整っています。

私の顔も、せっかくなら可愛いと良いのですが。そしてできることなら、ノルディア様の好みに合っていると良いのですが……

そんなことを考えていると赤ちゃんの体力に限界がきたようで、急激に睡魔が襲ってきます。

うと、と瞼《まぶた》が落ちていく中、リー兄が「お休み」と額にキスをしてくれました。

……ちなみにユナ・ホワイトリーフは『君紡《きみつむ》』の中では悪役でした。

どの攻略対象のストーリーを進めても、必ず妨害を行ってくる悪役令嬢。ファンからの好感度は低いキャラクターです。

かく言う私も、『君紡《きみつむ》』のユナには、ノルディア様との攻略の邪魔を何度もされていましたが。

推し《ノルディア》と同じ世界に転生をしたということに興奮して、すっかり頭から抜け落ちてしまっていたけれど……

「あら、ユナちゃん。もう起きたの？」

目を覚ますと全部夢だった……ということはなく、やっぱりユナのままでした。

お母さんと思われる銀髪の女の人が、私を抱きかかえながら「ユナちゃん」と呼びかけてきます。

どうやら、本当にノルディア様のいる『君紡《きみつむ》』の世界に転生しているようです。

そうとわかれば、早速ノルディア様に会うための脳内作戦会議を……

「ユナちゃん、もう少しおねんねしましょうね～」

作戦会議を……

「ねんねんころり、ねんねんこ」

……さくせんかいぎ……

「いい子ね、私の天使ちゃん」

さくせ………

お母さんの子守歌攻撃に、なんとか寝たふりが成功したのは、作戦会議をしようと思い立ってから一週間後でした。

赤ちゃんの体力は思っていたより減りが早いようです。意思に関係なくすやぁです。

まずは『君紡《きみつむ》』の主要登場人物を思い出して、情報の確認をしておきましょう。

えーっと……


攻略対象その一、フェリス・ユーフォルビア。

確か、私のいるユーフォルビア王国の第一王子でした。

攻略対象その二、ルーファス・ラベント。

乙女ゲームの舞台である学園の先生だったはずです。

攻略対象その三、リージア・ホワイトリーフ。

ユナ・ホワイトリーフ……つまりは現在の私のお兄様で、確か公爵家の長男だったと思います。

攻略対象その四、レオン・キュラス。

隣国・キュラスの第二王子で、ユーフォルビア王国に留学に来たという設定だったような気がします。


そして……攻略対象その五、ノルディア・カモミツレ。

魔力が一切ない特異体質にもかかわらず、剣の腕一つでフェリス王子の護衛の地位まで上り詰めた、とんでもなく格好良いお人です!!

身長は、『君紡《きみつむ》』公式データでは百八十三センチメートル。筋肉がしっかりと付いた体型で、体重は非公開。

好物はブランデーの効いたチョコレートケーキと、お酒に合う味のもの。

苦手なものは味の薄い硬いもので、戦場で食べた携帯食料とそこで死んだ騎士の仲間を思い出してしまうからという理由なのです。

ああああああああ優しいいいいいいいい!!

髪の色は赤がほんのり混ざったような茶色で、瞳の色は綺麗な赤色。

左耳にだけ赤色の魔石で作られたピアスを着けていて、実はそのピアスは『君紡《きみつむ》』の中のリー兄が作った魔道具なのです。

魔力を持たないノルディア様が、窮地《きゅうち》に陥《おちい》った時にのみ結界を張ってくれる魔道具は、ノルディア様の容姿をさらに際立たせてしまう危険なアイテムです!!

性格は自分の信じたことに真っすぐ。

ある程度の好感度が上がるまでは、フェリス王子の護衛だからと「はい」、「いいえ」しか返してくれないノルディア様は、本当に仕事に真面目で格好良いです!!

好感度が上がってくると会話ができるようになりますが、しっかり好感度を上げておかないと、王都に魔物がやってくるイベントで、ヒロインや街の住民を守って命を落としてしまうのです……

ノルディア様が死んでしまうなんて、考えただけで涙が滲んでしまって駄目です。

ちなみに、ちゃんと攻略成功になると「お前と一緒に生きたい」と、自分の命も大事にしてくれるようになります。

性格も少し柔らかく、甘い雰囲気になって。そうすると時々見せてくれる笑顔が本当に言葉にできないほどに整っていて…………あ、無理です。想像だけで格好良すぎます!!

と、まぁ……登場人物はこんな感じだった気がします。

改めて思い返すと、私はほとんどノルディア様の攻略イベントしかやっていないので、ノルディア様以外の情報量が少なすぎますね。

もうすでに前途多難な気がしますが、一応ストーリーも思い出しましょう。

確かヒロインさんは平民だったのですが、ある日突然ローズマリーと名のる男爵がやってきて、初めて自分に巨大な魔力が宿っていると知るのです。

ユーフォルビア王国では魔力量は多ければ多いほど良いとされるので、ローズマリー男爵はヒロインを引き取って養女にします。

ヒロインさんはその後、貴族や裕福な家の子供しか通えない学園に通うことになり、そこで出会った攻略対象達との恋の物語が始まります。

そして悪役令嬢のユナ・ホワイトリーフの妨害を乗り越えて、ハッピーエンドを目指していく……といった王道の話でした。

…………やっぱり情報量が少ないです⁉

なんだか、最初から行き詰まってしまった感があります。

でもこのままだと、ノルディア様が今どこにいて、何をしているのか、乙女ゲームが始まる前に出会う方法がわからない状態です。

これは冷静に考えないといけません。

まず、ゲーム開始時のノルディア様の年齢は二十五歳でした。

ヒロインさんと王子様、そしてその恋路を邪魔する悪役令嬢ユナの年齢は十五歳。つまり、私が生まれたばかりの今、ノルディア様は十歳ですね。

ノルディア様、十歳。

ノルディア様の十歳とか……絶対に可愛いです……‼

なんで私は今、〇歳なのでしょう⁉

見に行くことができません……‼

むしろ、ノルディア様の成長過程を〇歳から見守りたかったのです‼

……話が脱線してしまいました。

ノルディア様はあと五年後に騎士の育成学校に通うはず。魔力がないということで嫌がらせを受けながらも三年後無事卒業し、すぐに隣国との戦争の最前線に送られてしまいます。

『君紡《きみつむ》』公式サイトから、ノルディア様の過去として発表されていたので間違いありません。

つまり私が八歳になった時、その時までにある程度の戦力を有していれば、ノルディア様を助けることができます‼

もちろんノルディア様が、戦いで後《おく》れを取るとは思っていませんが……ノルディア様であっても全ての人を守れる訳ではありません。

守り切れなかった人のためにノルディア様の心が痛まないよう、その負担が減るよう、私も今から備えておきましょう‼

今の私《ユナ》は公爵家の令嬢!!
魔力もある程度は絶対にあるはずです!!
思い立ったが吉日、今日から……いえ、今から魔法の特訓です!!
……公爵令嬢ということは、やっぱり話し方もお嬢様らしくした方が良いでしょうか？
お嬢様……お嬢様言葉……ですの？

第一章　攻略対象その五に会いたいのです

アイキャンフラーイ！

風になるのです‼

あ、お久しぶりです。ユナ・ホワイトリーフ、五歳です。

私は今……風魔法の応用で空を飛んでいるのです！

遡《さかのぼ》ること五年前、この世界に生まれた私は少しずつ魔法を使いこなせるようになって、最愛のノルディア様に会いに行こうと思いました。

毎日ノルディア様を想いながら、魔力切れで倒れるまで魔法を使い続け……今では火魔法、水魔法、風魔法、土魔法、光魔法に闇魔法と、基本的な属性の魔法は使えるようになったのです。

そしてついに、風魔法で体を浮かせられるようになったのが三か月前！

安定して飛べるようになり、さらに進んでいる時の風の抵抗を受け流して、快適に飛べるようになったのが先日！

ここまできたらもう……ノルディア様に会いに行くしかないでしょう‼

……と、やる気満々で部屋を飛び出したのがつい一時間前のことです。

誰もいなかったはずの部屋から、「ユナ様、なんで窓から身を乗り出して……って、飛んで⁉　え、え、ええええええ⁉」という声が聞こえたような気もしましたが、恐らく気のせいです。

一瞬護衛の人かな、と思いましたが、部屋の中には誰もいなかったので、気のせいということにしておきます。

……ノルディア様に一刻も早く会いたくて、気のせいだと思い込むことにした訳ではありません。

「だって生ノルディア様には誰も勝てないのです。仕方がないですの」

顔も知らない護衛さん（と思われる人）よりもノルディア様です！　……と思っていたのですが…………ノルディア様はどこにいるのです⁉

多分、騎士学校に通っているはずなのですが、騎士学校の場所がわからないのです！　リ、リサーチ不足でした……！

街に出れば、なんとなくゲームの情報を頼りに行けるかと思ったのですが、ゲームでは主要施設以外はカットされていた上に、選択肢でパパッと移動できていましたから、まるでわかりません。

悔やんでも仕方ないので、一度街に下りて情報を集めることにしましょう。


「安いよ安いよ～！　オレンジが一つ五十ウォル！　まとめ買いでさらに値引くよ～！」

「今朝取れた新鮮魚介類！　売り切れたら店仕舞い！」

「冒険者ギルド、依頼受け付け中でーす♪」

人気のない場所からそっと下りてみた街は活気に満ち溢れ、たくさんの人が通りを歩いています。

フラフラと余所見をして歩けば、誰かしらに蹴飛ばされてしまいそうです！

そんな場所に突き進む勇気が持てず、大通りの隅からそっと周りを見ていれば、たくさんある屋台の一つ、『いちご飴』と書かれた看板のお店にいる方が、こちらを心配そうにチラチラと見つめているのに気付きました。

体は大きめで、五歳児の私からしたら巨人のような印象を受けますが……あの視線は「迷子？　大丈夫かな？」と言っているのです！　絶対良い人です！

「あの、騎士学校に行きたいのです！　場所を知っていたら教えてほしいのです！」

なぜかいちご飴の屋台にはお客さんが一人もいないので、歩きやすくて良いですね！

私が近付いて店主さんにそう言うと、周囲が騒《ざわ》めきました。

「え？　あ、オレに言ってるのか？」

「もしかして、騎士学校の場所を知らないのですか？」

店主さんの顔を見るには、首を真っすぐ上に上げないといけなくて少し疲れます。

びっくりした顔の店主さんに落胆の色を隠せずに聞けば、「い、いや、知っている」と道を答えてくれました。

意外と近い場所にあるみたいです！　お礼に屋台の商品を買ったりできれば良かったのですが、今日はお金を持ってきませんでした……！

店先に並ぶ綺麗ないちご飴をチラリと見てそう思っていれば、店主さんは私の視線を辿り……

「良かったら……一つやる」

売り物のいちご飴を差し出してくれました⁉

「良いのですか⁉」

「……見ての通り、売れ残りばっかりだから」

寂しそうに笑う店主さんに、遠慮なく一つ頂いて……キラキラと輝くいちご飴を口に含めば、優しい甘さといちごの酸味が口いっぱいに広がりました。

「とっても美味しいですの！」

「……良かった」

「ありがとうですの！　次はお金を持って買いに来るのです！　ハッ！　ノルディア様の差し入れにしても良いのです!!」

ぺこりと頭を下げて、店主さんに教えてもらった騎士学校の方向へと走ります。

背後から「次？」と、店主さんの呆《ほう》けたような声が聞こえた気がしました。

「……次も、来てくれるのか？　皆から怖がられる、俺の店に？」

何やら真剣そうな声ですが……多分、あれは店主さんの独り言でしょう！

ノルディア様が近いというのに、立ち止まっている暇はないのです！


いちご飴店の店主に教えられた通りに道を歩いていくと、すぐに騎士学校が見えてきました。

「やっとノルディア様に会えますの！」

画面上のノルディア様も格好良かったですが、三次元のノルディア様もきっと格好良いはずなのです。

今は十五歳のノルディア様の姿を考えるだけで動悸《どうき》が……!!

……なんて、上の空で考えていたのがいけなかったのです？

「捕まえたぞ！　ずらかれ！」

「……⁇」

一瞬、何が起きたのか全くわかりませんでした。

まるで走っているかのように流れる風景、私の体を掴む人攫《ひとさら》いの太い腕、遠ざかっていく騎士学校……遠ざかっていく騎士学校⁉　ノルディア様が遠ざかっていくのです⁉

「ノルディア様と私を引き離すなんて、万死に値するのです。氷魔法〈氷の《アイス》……」

「いよっしゃぁ！　こんな上物が手に入るなんてツイてるな！　コイツを売れば、今までの比じゃないくらいの大金が手に入るぞ‼」

鍛え上げた魔法で人攫《ひとさら》いさんを倒してしまおうかと思ったのですが……どうやらこの人攫《ひとさら》いさん、話を聞く限り常習犯のようです。

手足も縛られず口も塞《ふさ》がれず、ただ片手で抱えられて走っているだけなので逃げ出すのは簡単ですが……このまま逃げてしまうと別の子供が被害に遭ってしまいそうです。

「兄貴！　うまくいきやしたね！」

「やっぱり兄貴はスゲェや！」

考えている間にも、どこに隠れていたのか子分のような男二人組が現れます。三人で細い路地を幾つも曲がってどこかに向かっていますが、その動作も手馴れているようです。

「ノルディア様に早く会いたかったのですが、仕方ないのです」

「はぁ」とため息を吐いて、人攫《ひとさら》いさんの腕に体を預けます。

もしもノルディア様がゲーム通り、優しくて正義感の強いお方だったなら、子供が誘拐されるのを黙って見過ごすはずありません。

私はノルディア様の隣に立った時に、ノルディア様に会った時に、恥じない自分でいたいのです!!　そのためにはまずアジトまで連れ去られて、人攫《ひとさら》い集団を一網打尽ですの!!

「兄貴、出荷はいつにする？」

「兄貴！　こいつの服も綺麗だ！　これだけでも高く売れるか？」

「おいおい、落ち着け。出荷は高い値を付ける買い手が現れるまでは保留だ。小物から足がついたら厄介だから、これはセットで売りつける。わかったな？」

「『へい、兄貴！』」

……と、思って大人しくしていたのですが、あれ？　アジトらしき小屋に着いてしばらく待っているのに、最初の三人から増えません。

「あの、人攫《ひとさら》いさん達の、他のお仲間はいつ来るのですか？」

おそるおそる、私を抱えてここまで走ってきた「兄貴」と呼ばれている人攫《ひとさら》いさんに聞いたのですが……

「俺様達は三人組の人攫《ひとさら》い、悪名高きペジット三兄弟って言えばガキでも知ってんだろ！」

答えてくれたのは違う人攫《ひとさら》いさんでしたの。とりあえず、ペジットAさんと呼びますが………今の話が本当なら、誘拐犯は兄貴さん、ペジットAさん、ペジットBさんで終わりですの⁉

なんという少数精鋭……最初からそうとわかっていれば、わざわざこんなに騎士学校から離れたところまで連れ去られる必要もなかったのです……

さっさと倒して、ノルディア様のいる騎士学校に戻りましょう……

――コンコンコン

「「「「？・？・？・」」」」

魔力を高めていたタイミングで響いたノックの音に、思わず人攫《ひとさら》い三兄弟を見てしまいましたが、三人ともハテナマークを浮かべています。

「兄貴、誰か呼んだか？」

「いや、来客の予定はない」

「俺が見てくる」

ペジットBさんが玄関まで歩いていき、扉を開けた瞬間……足元から何かが勢いよくペジットBさんの顎を打ち上げました⁉

ゴスッと鈍い音がしてペジットBさんは倒れてしまいましたが、あれは絶対に痛いです……

ペジットBさんの体が地面に倒れたことで、扉の外の様子が見えるようになりました。

「白昼堂々人攫《ひとさら》いなんて油断しすぎじゃねェか？　いつもはコソコソ動く臆病野郎共が、上玉《じょうだま》見つけて舞い上がりすぎだろ」

振り上げられていた木刀の切っ先が、ゆっくりと室内に向くように下ろされてきます。

白地に赤の差し色が入った制服に身を包み、好戦的な瞳で人攫《ひとさら》いさんを睨みつけるとてつもなく格好良い青年。

………………ノルディア様にしか見えないのですけれども⁉

なななな、なんでノルディア様がこんな場所に⁉　でもあんなに格好良い人が、ノ

ルディア様以外にいるはずがありません!!

混乱で固まる私に、ノルディア様がニッと笑みを浮かべます。

「嬢ちゃん、安心しろ。すぐに助けてやっからよォ」

決して優しい笑顔ではないのですが、自信に満ち溢れたその笑顔は格好良すぎるのです。

しかも、私のために、ノルディア様が作ってくれた笑顔。

画面越しでしか見ることのできないと思っていた笑顔が私のために……感動で視界が滲んで、生ノルディア様が見えないのです……!!

「お前、なんでこの場所が!!」

「人攫《ひとさら》いの現場から付いてきたに決まってんだろ。ンなこともわかんねェのかよ」

「クソッ！　風魔法〈風の矢《ウィンドアロウ》〉！」

張り詰めた空気の中、最初に動いたのは兄貴さんでした。

手馴れているのか、魔法の発動に掛かるまでの時間は短く、風で作られた不可視の矢がノルディア様に向かっていきます。

対するノルディア様が手に持つのは、ただの木刀一本だけ。その耳元にも、ゲーム開始時にはあった結界発動の魔道具はまだありません。一発でも当たってしまえば、怪我どころでは済まないでしょう!!

「ノルディア様、危ないですの！　土魔法〈岩の盾《ロックシー》……〉」

突然のノルディア様の登場に混乱しながらも、その身を守るための防御魔法を発動させようとしましたが。

「舐めんじゃねェ！」

私が防御魔法を発動させるより、〈風の矢《ウインドアロウ》〉が見えているかのような迷いのなさで、ノルディア様が地面を蹴りつける方が先でした。

身を屈めながら、扉の外にいたはずのノルディア様が、魔法を放ったまま立ち尽くす兄貴さんの元まで駆けてきたのは一瞬。その身に向かっていたはずの魔法の矢は、一つもノルディア様の体を捉えることができず、建物の壁を壊しただけで終わりました。

ノルディア様の体に傷がつかなくて良かったです！

ノルディア様は駆けてきた勢いを殺さずに、兄貴さんに木刀を叩きつけようとし……

「風魔法〈風の盾《ウィンドシールド》〉ォオ!!」

……もう少しで木刀が当たるという瞬間に、兄貴さんの魔法によって防がれてしまいました。

「……チッ」

悔しそうに舌打ちをするノルディア様に、優勢を悟りニヤリと笑う兄貴さん。

けれど、ノルディア様の瞳は諦めていません。

「テメェら魔法使いは……単純すぎんだよ！」

ノルディア様は木刀を魔法のバリアから引き離し、兄貴さんの後ろに素早く回り込むと、木刀を振り下ろし……あっという間に兄貴さんをのしてしまいました！　か、格好良いです!!

「ヒッ！」

残された最後の人攫《ひとさら》いさん……ペジットAさんが、ノルディア様の強さに短い悲鳴を上げて、ノルディア様に見惚れていた私を人質にしようと手を伸ばしますが……

「嬢ちゃん、動くんじゃねェぞ!!」

……ペジットAさんの手が私に届くよりも、ノルディア様の声が響く方が先でした。

「はいですの！」

指示に従ってピタリと動きを止めれば、ノルディア様が木刀を振りかぶって投げ飛ばします。

木刀は私のすぐ傍まで来ていたペジットAさんの頭に見事命中し、私に伸びていた手は、何も掴むことなく、地面に落ちていきました。

最後に、カランカランと木刀が乾いた音を立てて床に落ち、気が付けば人攫《ひとさら》い三人組は、全員ノルディア様に倒されてしまいました。

室内を鋭い視線で見渡したノルディア様は、人攫《ひとさら》いの仲間が他にいないことを確認すると「ふぅ」と体の力を抜くように息を吐きました。

「怪我してねェか？」

気遣うように聞いてくれる言葉も優しくて……あれ、もしかして、私はノルディア様のことを助けたいと思って魔法を練習していたのに、何もできませんでした……!?

「怪我は……していないのです……」

まさか……少しの手助けもできないばかりか、ノルディア様の手を煩《わずら》わせてしまうなんて……!!

ノルディア様に見られていなければ、膝から崩れ落ちていました!!

「なら良い」

何もできなかったという事実に震えていれば、ノルディア様は私から視線を逸らして黙々と人攫《ひとさら》いさん達を縛り始めました。

初対面から、ノルディア様に面倒な奴だと嫌われてしまったら、生きていけません!!

「助けてくれてありがとうございましたですの。あと……迷惑を掛けてしまい、ごめんなさいなのです」

　嫌われると想像しただけで涙が出そうになりながらノルディア様を見れば、なんとも不思議そうな顔をしています。

「………怖がらせた訳じゃあねェのか」

　ポツリと呟いたノルディア様は、ガリガリと頭を掻きながら私の元に歩いてきて。

「たまたま攫《さら》われている子供を見つけたから助けた、それだけだ。嬢ちゃんは何も悪くねェよ。むしろ、最後よく動かないでいてくれた」

　私の頭を撫でてくれたのです。子供の頭を撫でるという行動に慣れていないのか、その頬は恥ずかしそうにうっすらと赤くなっています。

　モシャモシャと髪の毛をかき混ぜる手と、至近距離にあるノルディア様の格好良すぎる顔に……

「ここが天国だったのです……」

「嬢ちゃん⁉　どっか痛ェのか⁉」

　気が付いたらずっと堪えていた涙が溢れ、ノルディア様を困らせてしまいました。

　……その後、ノルディア様の尊さによって溢れた涙を、なんとか落ち着けることができました。

私が泣き出してしまったことに焦ったノルディア様が、どうにか泣き止ませようと色々してくれたおかげで、その尊さは増し、しばらく涙が止まらなかったのです。

困り顔で「高い高い」をしてくれたノルディア様のことは一生忘れません。……というか、なんで私は映像保存魔法を覚えていないのです⁉

あの「高い高い」の映像を取って置けたら、一生の宝物になっていたのに！　この反省点は次回までにどうにかします！

「俺は一回街まで戻って、こいつらのことを騎士団に報告するが、嬢ちゃんは……」

「うう……街までの道がわからないですの」

「仕方ねェな、連れてってやる」

先導するように歩き出したノルディア様でしたが、足の長さの違いであっという間に置いていかれてしまいます！　ノルディア様のスタイルが良すぎるのです‼

慌てて走りましたが、ノルディア様がピタリと止まったので、その足にぶつかってしまいました。

「……嬢ちゃん、歩くのが速いなら言え。迷惑だなんて思わねェからよ」

そう言ってノルディア様は私の手を取って、歩幅を合わせるようにゆっくりと歩き始めてくれました。

「あ、ありがとうですの！」

「ガキが遠慮してんじゃねェよ。そういや嬢ちゃん、騎士学校の近くでウロウロしてたが、どっか行く場所でもあったのか？」

「ノ……」

……ルディア様に会いに、とは言えないのです！

「実は街を見てみたくて、お家を抜け出してきたのです。騎士学校も見てみたかったのです」

「初めての街で誘拐か。そりゃ災難だったな」

ノルディア様はしばらく考えてから、「次に一人で街に来る時は最初に騎士学校に寄れ。護衛ついでに街を案内してやる」と言ってくれました。

「いいのですか⁉」

「本当は家を抜け出すなんて危険なことはすんなって言わなきゃいけねェんだが……俺もやってたから、怒る訳にもいかねェ」

「特別な」と笑うノルディア様があまりにも眩しすぎて、そのお顔を鑑賞しながら歩いていたら、あっという間に街に戻ってしまいました。ノルディア様との時間が終わってしまいます。

「報告するまで少し待っててくれれば、嬢ちゃんの家まで送るぞ?」

ノルディア様の優しさは本当に嬉しいですが、帰り道は空を飛ばないとわからないです!!

自分以外も一緒に浮かせることができるのかは、試したことがないので、ノルディア様を危険な目に遭わせる訳にはいきません!

泣く泣く断れば、ノルディア様もそれ以上強くは言ってきませんでした。

「今日はありがとうですの! 今度は騎士学校に、本当の本当に行ってしまいますの!」

「おう、来い。嬢ちゃん一人で街中をフラフラさせる方が怖《こえ》ェ。普段は学校の鍛練《たんれん》場にいるから……誰かにノルディア・カモミツレに会いに来たって言や、どうにかなる」

「絶対ノルディア様に会いに行きますの! その時は……嬢ちゃんではなく、ユナと呼んでほしいのです!」

◆◇◆

僕、リージア・ホワイトリーフの妹は、少し普通と違う。

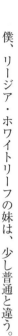

そう言うと、大抵の人は「女の子は外と内では性格が変わるものだ」と言う。妹がいる友人には「妹なんて兄には強いものだよ」と言われたこともあるけれど、そうではない。

僕の妹……ユナ・ホワイトリーフは、大抵の人が言うように、外と内で性格が変わったりはしない。兄である僕に我儘を言ったり、叱らなければならないことをしたりもしない。

ただ……………

「〈火の球《ファイヤーボール》〉！　〈火の球《ファイヤーボール》〉！　〈火の球《ファイヤーボール》〉！」

延々と繰り出される火魔法の〈火の球《ファイヤーボール》〉が宙を舞うのは、朝から何回……いや、何十回目だろう？　まだ五歳の妹の小さな手から、大人でもコントロールするのが難しそうな、大きな炎が次々と生み出されては空に向かって放たれる光景は、異様としか言いようがない。

「ユナ、ユナ……ユナ～‼」

ユナの呪文をかき消すくらいに大きな声を出せば、僕の存在に気が付いたユナは、ぱあっと笑みを浮かべて振り返る。

「リー兄！　おはようなのです！」

「うん、おはよう。今日も朝から魔法の練習？」

「はい！　少しでもうまく魔法を使えるようになって、ノルディア様と同じ空間に立っても恥ずかしくない人間になりたいのです！」

「そっかぁ」とにこやかに微笑みながら、僕は内心で頭を抱えた。

可愛い妹が、朝から特大の〈火の球《ファイヤーボール》〉を連発したり、新しい魔法の開発といって庭を水浸しにしたり、風魔法の威力の調節を失敗して体ごと飛んでいってしまったりするのには慣れた。悲しいことに慣れてしまった。

普通、〈火の球《ファイヤーボール》〉と言えば、手の平と同じくらいの炎を出すだけの魔法だというのに、どうしてあんなに大きな炎になってしまうのか。

新しい魔法の開発なんて、本当に優秀な魔法使いの一部がすることなのに、どうして五歳の妹が挑戦しているのか。

風魔法で体を浮かすなんて、膨大な魔力がなければできないはずなのに、妹の体が吹き飛ぶくらいの威力がどうして出せるのかなんて、考えるだけ無駄なのだ。

だって僕の妹は、少し普通と違うのだから。

しかし「ノルディア様」、そう、「ノルディア様」だ。「ノルディア様」だけは慣れない。

誰なんだ、「ノルディア様」。

物心ついた時から妹は口を開けばノルディア様、ノルディア様とうるさかった気がする。……「ノルディア」なんて名前の人物なんて、どこにもいなかったにもかかわらず、である。

どうしても気になって、妹の交友関係を調べたことがあるけれど、ノルディアなんて名前の人はいなかった。

気になりすぎて動物の名前や、辺りの地名、さらには建物や植物の名前まで調べたけれど、ノルディアと付くものは一つもなかった。

……………怖すぎる。

一度だけ、「ノルディア様ってどんな人？」と妹に聞いてしまったら、怒涛《どとう》の勢いでノルディア様とやらの魅力を語りつくされてしまい、それ以来聞くことができなくなってしまった。

……………怖すぎる。

もしかしたら僕の妹には、僕には見えないノルディア様が見えているのかもしれない。

……………怖すぎる。

「リー兄は今日、何をしているのですか？」

「今日はね、歴史についての勉強をする予定だったけど、父様に頼んで人の目に見えないものが見えるようになる魔道具がないか、探してもらうことに今決めたよ」

「リー兄は魔道具が大好きなのですね」

「うん、最近は必要に迫られて探すことが多いけどね」

「人の目に見えないものが見えるようになる魔道具が、ですの？」

「人の目に見えないものが見えるようになる魔道具が、ね」

「そうですの……」と呟いた妹にふと違和感を覚えた。なんだか、心ここにあらずといった様子でぼんやりとする姿なんて、今まで僕は見たことがない。いつだって「ノルディア様が‼」と騒がしいのに、どうしたのだろう？

「何か、悲しいことでもあった？」

尋ねてみれば、ユナは小さく首を振った。それでもやっぱり、ユナの元気がないような気がする。

「ちょっと待っていて」

ユナの元気を出すためのものを持ってこようと、僕は屋敷の中に入っていった。


「あら？」

リージアと入れ違いで庭にやってきた母親のリディナは、ポツンと佇《たたず》むユナの姿に思わず首を傾げてしまう。

「どうしたのかしら？」

普段は空にユナが放つ魔法が飛び交う時間なのに、今日の空は静かなまま。不思議に思ったリディナはユナの傍までやってきて、娘の顔を覗《のぞ》き込んだ。

◆◇◆

「ふふ、ユナちゃんが魔法の練習もしないで、何かを考え込むなんて珍しいですね」

ぼうっと宙を眺めるユナちゃんは、いつもより一層可愛く見えます。

もしかしてですが……？

「あらあら、ユナちゃん。もしかして恋でもしましたか？」

「お母様、どうしてわかるのですか⁉」

まん丸に目を見開いた私の天使の可愛いこと。

「わかりますわ。私はユナちゃんの母ですから」

そう言って微笑めば、ユナちゃんは悩んでいたことを打ち明けてくれました。

「お母様、実は……」

「つまりユナちゃんは、助けてくれた男の子を好きになってしまったのですね」

「い、いいえ！　元々好きでしたの！　ただ、憧れに近くて。それが助けていただいて、もっと好きになってしまいましたの。お話もできて……その……私にもチャンスがあるのかもしれないと、つい思ってしまったのです」

「あらあら、青春ですね」

「ノ、ノルディア様と私が青春ですの⁉」

好きな子はノルディア様という名前ですか。真っ赤になって照れているユナちゃんも可愛いです。

そういえばつい最近、ユナちゃんがお洒落《しゃれ》をしていました。あれはきっと、好きな人のためでしたのね。

「そ、それでお母様、助けていただいたお礼に何かをプレゼントしたいのです。何を渡せば喜んでもらえるのでしょうか……」

「あら、でしたら私にとっておきのアイディアがあります」

「なんですの⁉」

「まず、ケーキを作ります」

「手作りお菓子！」

「はい。それに、母特製……男性がメロメロになってしまう魔法のお薬を仕込みます」

「お薬を仕込みますの⁉」

「これで一撃です」

「いちげき……ですの？」

ドレスのポケットからピンク色の瓶を出して確認すると、まだまだ量は残っていました。

ユナちゃんに渡せば、小さな手の平の上に瓶を載せて考え込んでしまいます。

そんなに悩まなくても中毒性はないので大丈夫です。

しかし……

「私は……たとえ恋が実らないとしても、ノルディア様の意思を尊重したいのです」

ユナちゃんは、渡したお薬を使わないことにしたようです。

「あらあら、さすが私の天使ちゃんです」

嬉しくなってしまって私と同じ白銀の髪を撫でようとすれば、「ノルディア様に撫でてもらえたところなので、しばらくはだめですの！」と言われてしまいました。

私の天使ちゃんをここまで虜《とりこ》にするノルディア様がどんな人か、少しだけ気になります。

「お母様、相談に乗っていただき、ありがとうございます！　お礼は……もう少し考えてみるのです！」

「はい。ユナちゃんが選んだものなら、きっと喜んでもらえますよ。喜んでもらえなかったら教えてくださいね。相手の方を、夢見が悪くなる魔法のお薬で懲らしめてあげますから」

「ノルディア様にはやっちゃダメですの！」

「あらあら、余計なお世話でした。では、私は屋敷に戻りますから、朝食の時間には戻ってください」

「はいですの！」


室内に戻った私は、まだ外で考え込んでいるユナちゃんを幸せな気持ちで眺めていた。五歳にしてはしっかりしていると思っていた娘も恋する乙女で、私を頼りにしてくれたことが嬉しかった。

けれど私は気付かなかった。

……屋敷から出ていないはずのユナちゃんが、誰に恋をしたのか。誰に助けられたのか、なんて。

「うふふ、旦那様にもユナちゃんが恋をしたって教えてあげましょう」

結婚する前は、私にも、いくつもの新薬を開発してまで自分のものにしたい男性《ひと》がいた。

けれど結局、私も娘と同じように、愛する人に服薬させることはできなかった。

薬を呑ませる前に、その人が私に告白したから。

最愛の旦那様の元に向かうため、私は上機嫌で廊下を歩いていく。

◆◇◆

「ユナ、お待たせ！　これ、つい最近手に入れた魔道具なんだけど……」

屋敷から戻ってきた僕リージアが目にしたのは、庭の木々が凍り付いている光景だった。足元に咲いた花や、遠くに植えられた木々まで凍り付いて、風が吹いても葉っぱのさざめき一つ聞こえてこない。

「なんだ……これ……」

呟く吐息すら、冷気から白く濁っている。つい先ほどまではこうではなく、暖かい日差しが辺りを包んでいたのだから、これは魔法か何かの仕業だとわかる。……だけど、どれほどの魔力があれば、公爵家の広い庭を丸ごと凍り付かせることができると言うのか。

「か、考えごとをしながら魔法を使っていたら、間違えてしまったのです‼」

だが、その冷気の中心にいる人物……ユナは自分のしたことのすごさがわかっていないのか、辺りを見渡しては顔を青ざめさせるだけで。

「リ、リー兄。やっぱり、怒られてしまうのです？」

しょんぼりと肩を落としながら、助けを求めるように僕を見つめるユナの姿に、「仕方ないなぁ」と苦笑いを浮かべた。

「おいで、一緒に謝ってあげるから」

握ってあげたユナの小さな手は冷え切っていた。包み込んで体温を分けてあげれば、ユナは「リー兄大好きですの！」と飛びついてくる。

「ほら、とっておきの魔道具を見せてあげるから、元気を出して。このハンドルを回すと……」

「ガラスの中で氷の花ができているのです！　綺麗ですの！」

普通とは程遠いユナだけど、僕にとっては可愛い妹なのだから。ついうっかり甘やかしてしまうのは仕方がないだろう。

◆ノルディアサイド　妖精の子との出会い◆

ついこの間、俺、ノルディア・カモミツレは攫《さら》われそうになっていた妖精の子供を助けた。

……っておい、別に頭を打った訳じゃねェ‼

たまたま剣の練習をするために木刀を持って中庭に出ていた時、学校の目の前で人攫《ひとさら》いの瞬間を目撃した。

男に抱えられた小さな少女は、ろくに騒ぎもしねェで大人しく連れ去られてしまう。

「クソッ！」

近くには見回りをする騎士の姿はなく、その時は慌てて人攫《ひとさら》いの後を見つからないよう、後を付けるしか選択肢はなかった。

引き離されないよう必死で追いかけて、アジトらしき小屋に踏み入り、なんとか人攫《ひとさら》いを倒した時、俺が助けたのは妖精の子供だったと知った。

「助けてくれてありがとうございましたですの。あと……迷惑を掛けてしまい、ごめんなさいなのです」

ボロボロと涙を流す子供は、特に子供好きという訳ではない俺でも、可愛い部類に入るのだろうと思う容姿をしていて。

「あっ、これは白葉《ホワイトリーフ》の妖精姫《おくがた》の子供だ」と、あまり情報に敏《さと》い訳でもない俺でも、一瞬で気付いた。

ホワイトリーフ家はこの国ではわりと有名な公爵家だ。アルセイユ・ホワイトリーフ公爵はこの国随一の権力を持つ貴族。

その奥方のリディナ・ホワイトリーフは、妖精姫と呼ばれるほどの美貌を持ちながら、ホワイトリーフ公爵にべた惚れで、長年の片想いの末に妻の座を勝ち取ったといわれている。ホワイトリーフ公爵に色目を使う女性は〝なぜか〟、皆何かしらの不幸に遭う。

第一子のリージア・ホワイトリーフは、妖精姫の美貌を受け継いだ美男子だが……毎日何かの魔道具を探しては収集する、重度の魔道具コレクターだという。つい最近も『人の目に見えないものが見えるようになる魔道具』を探していたらしい。

そして、第二子のユナ・ホワイトリーフもまた、妖精姫の美貌を受け継いだ少女だと聞いたことがあった。

自ら発光してんじゃねェかと思うほど、キラキラと輝く白銀の髪。涙で揺らぐ緑の瞳に、ほっそいまつ毛に引っかかる涙の粒。可愛いという言葉よりは、美しいという言葉の方が合いそうな。その姿はまさに妖精姫と言ってもおかしくはない。

……と思ってたんだが。


「ノルディア様ー！　会いに来てしまいましたのー!!」

騎士学校の廊下、かなり離れた場所から走ってきたのは、この前の妖精……妖精？　……妖精のように美しく見えていた少女だった。

「ノルディア様！　この前はありがとうございましたの！　少しでも早く会いに来たかったのですが、お礼の品が用意できなくて遅くなってしまいましたの！　あのあの……私のことを覚えていますか？」

妖精ではなく、ブンブンと振られる犬の尻尾の幻覚が見える気がする。

「おう、ユナ。ちゃんと覚えてるに決まってんだろ」

「〜ッ！」

「わ、悪ィ！　ユナじゃなかったか？」

「いえ！　名前呼びの威力が思っていた以上に強かっただけなので、お気になさらずですの！」

「……そうか」

やっぱりこんな子供でも、さすがホワイトリーフ家。普通とは違う……って、いや、待て。前に誘拐されてた時も一瞬考えたが、なんでコイツは一人で街をうろついているんだ？

普通、公爵令嬢なんてものは、付き人とか護衛とか、そんな奴らに守られてるもんじゃねェのか？

「ユナ、ここまで一人で来たのか？」

一応尋ねてみると、ユナは辺りを見渡して……

「はいですの！　付いてこようとしていた人はいたのですが、途中からいなくなってしまったので、今は一人なのです！」

……と、元気よく答えた。

つまり、撒《ま》いてきたという訳か。護衛を。……それで良いのか、公爵家の人間。

果たしてユナが規格外なのか、公爵家の警護が案外ザルなのか。

「考え込むノルディア様も素敵ですの……」

恐らく前者だろう。俺を見て悶える令嬢が、一般的な公爵令嬢だと思いたくない。

まぁ、今回は攫《さら》われずに騎士学校まで辿り着いているから、そんなに心配しなくても大丈夫だろう。

「あの、これ……助けていただいたお礼ですの！」

しばらくしてから落ち着いたユナが、両手で差し出したのは片耳用の真っ赤な宝石のピアスだった。

ピアスの中に込められた魔力が時折ユラユラと揺らめく……ってこりゃ魔石じゃねェか！

「ユナ、これはやったことに見合わねェ。前にも言ったが、見たから追いかけた、それだけだ」

魔石は宝石よりも高価で、ユナのようなガキが持っていて良い品物のはずがない。

あのままじゃあ危なかったとはいえ、貰おうとも思わない。

たしなめるように言ってはみるが。

「ノルディア様に渡すプレゼントを自分の力で手に入れたかったので、直接鉱山まで行きましたの！　素材は無料なのです！」

自慢げな顔をするユナ。

……いや、さすがに嘘だろ。

…………………嘘だよな⁉

「研磨、加工、金具の取り付けまで全て私のハンドメイドですの！　ノルディア様のお好みに合わないのなら……残念ですが、処分いたします……」

「処分まではしなくても良いだろ」

「貰ってくれるのですか⁉　嬉しいですの！」

……どうしてそうなる⁉

赤い魔石で作られたピアスは、細長い八角錐《はっかくすい》のような形だった。

真っ赤な色の中に込められた魔力が、時折銀色《しろがねいろ》に揺らめくように渦巻いている。

ニコニコと満面の笑みを浮かべて押し付けてくるユナに、俺はとうとう諦めることにした。

その場で耳に着けてみれば、ユナがやたらとキラキラとした目で見つめてくる。

「とーっても似合いますの！　所有者登録魔法と回帰魔法を付けていますので、紛失しても手元に戻ってくるのです！」

とんでもないことを言われた気がした。

……が。

「本当に本当に格好良いですの！」

心底嬉しそうなユナを見ていると、気にするのも馬鹿らしく思えてきてしまった。

「……おう、ありがとうな」

「ノルディア様のＳレア笑顔ですの！　ふぁあああああ‼　格好可愛ですの‼」
両手で胸元を押さえながら荒ぶる姿に、俺は「やっぱりこいつは妖精なんかじゃねェな」と思った。

——呪いのピアス——
【保有者固定】ノルディア・カモミツレ
【回帰魔法】七十二時間、保有者が触らなかった場合、魔石の魔力を消費して保有者の手元にテレポート
【他隠し機能】ピアスの作成者に限り、保有者の現在地を確認できる　などなど……

第二章　攻略対象その五の隣に立ちたいのです

とうとうノルディア様とデートです！

前回助けていただいたことへの、お礼の品を用意するのに遅くなってしまい、ノルディア様に忘れられてしまわないか心配でした！

ふぁあああああああ!!　プレゼントした赤いピアスを着けてくださったノルディア様が、格好良いです!!　格好良すぎて、全人類が惚れてしまわないか不安です!!　いえ、ノルディア様なら全人類と言わずに、この世の全ての生き物を魅了できます!!

「…………ぃ、おい、ユナ？」

「はいですの⁉」

「…………聞いてなかっただろ」

「ノルディア様に見惚れていましたの！」

正直に答えると、ノルディア様はなぜか呆れたような顔をしています。でも、そんな顔すら、信じられないくらい格好良いです！

「まぁ、いいけどよ。街案内するって言ったろ。どこか見たいとこはねェのか？」

「ノルディア様と一緒ならどこへでも！　……と言いますか、あまり何があるのか知らないのです」

「あー……なるほど。じゃあ紹介ついでに、人気の場所に案内してやるよ」

そう言ったノルディア様は歩き出そうとして、すぐに止まりました……？

ノルディア様は少しだけ迷うような素振りをしてから、私の手を取って歩き出して……私の手を⁉　ノルディア様が握っているのです⁉

「前みたいに置いていったら悪ぃだろ」

……ふぁあああああああ‼

ノルディア様の耳が赤くなっています！　可愛いのに、手を握ってくれた理由は格好良いのです！　格好良いと可愛いのコラボなんて、そんなの卑怯（？）です‼

ノルディア様と手を繋いで歩いていると、ノルディア様の知り合いと思われる騎士学校の生徒の方が、ぎょっとした顔で二度見をしてきますの。

ひそひそと何かを囁《ささや》く人達の中には、女生徒の姿もあります⁉

幼女と戯《たわむ》れるノルディア様を見て二度見する→ノルディア様は幼女と関わらないと思っている→ノルディア様の性格を少しでも知っている→ノルディア様と親しい女で

す⁉

「ノルディア様と手を繋げるの、嬉しいですの！」

「少しでもノルディア様との仲の良さを見せつけなければ！」と思い、腕を組もうとしたのですが……ノルディア様と身長差がありすぎて、これでは腕にしがみつく人形のようです⁉

しょんぼりしながら腕を離そうとすれば、視界が上がっていき……？

「こうした方が早いか」

気が付いたら、ノルディア様に抱えあげられていました⁉

ののののの、ノル、ノルディア様の、きょきょきょ、胸筋、お胸が、あた、当たっています！　当てています⁉

「嫌か？」

「嫌じゃないのです！」

「顔赤ぇな、具合悪いのか？」

「すこぶる良いですの‼」

「……そうか」

ノルディア様のお胸にドキドキして、触っても良いものか悩んでいれば、あっという間に騎士学校の敷地外に出ました。

危なかったです。もう少し遅かったら……鼻血が出てしまっていました。

「王城を囲むように騎士学校、貴族の通う高等学校、魔導士学校、冒険者ギルド、商人ギルドがある。冒険者ギルドと商人ギルドの間、その後ろの方に塔が見えっか？　そこがこの街で一番でけぇ城門だ」

「ほら」とノルディア様が指さす先には、周りの建物よりも一回り大きい塔が立っています。

「他にも三か所、それぞれ騎士学校、高等学校、魔導士学校の後方に城門があるから有事の際は学生も城を守る力になるようにこの並びに……って悪ィ、授業みてぇな話しちまったな」

「いいえ！　すっごくわかりやすかったのです！」

「そうか。……で、今日案内するところだけどよ。あの塔、上に登れんだ。行ってみねェか？」

「登ってみたいですの！」

ノルディア様とならどこでも楽しいですが、ノルディア様のおすすめスポットなら絶対に行きたいです！

という訳で……やってきちゃいました！　城門前の塔！

改めて見ると大きいです！

「いいから来い！」

「ですが……フェリス様……」

「僕が登ると言ったら登るんだ！」

塔の前で何やら、金色の髪の男の子と、ピンク色の髪の女の人が揉めています。

ピンクのお姉さんは嫌がっていますが、どうやら二人も塔に登るみたいです。

お姉さんが私とノルディア様が後ろにいるのに気付き、邪魔をする形になってしまっているると気が付いて、慌てています。

「ごめんなさい。先にどうぞ」

「あ、俺はこの子を抱えて上がるので。多分遅くなると思うので、先にどうぞ」

「すみません。ありがとうございます」

「ふん、道なんて譲らせておけばいいんだ！　ミルフィ、早く来い！」

怒鳴られたお姉さんは、慌てて男の子を追いかけて行ってしまいました。

「ノルディア様が丁寧な言葉で話すところ、初めて聞きましたの！」

「一応騎士見習いだからな」

「私は普段のノルディア様の話し方が好きですの！」

そう言えば、なぜかノルディア様がブハッと噴き出しました。

「いや、悪ぃ。そうじゃねぇかって思ってたから、予想通りすぎて」

「ノルディア様は……その……」

本当は、私が公爵令嬢でも変わらずに接してくれるのか聞きたいです！　でも……もしもそれを聞くことで、ノルディア様の態度が他人行儀なものになってしまったらと思うと、言えないです。

「……あ～……なんだ。言い難いことがあるなら、無理に言わなくていい。言いたくなったら、その時に言ってくれ」

「……はいですの！　あと、さすがに塔に登るのは歩くのです！　これ以上ノルディア様に負担をかけられないですの！」

止めようとするノルディア様を押し切って、登り始めたは良いのですが……階段、階段階段、階段階段階段!!　塔の内部は螺旋状《らせんじょう》の階段しかないです！

ゼハゼハしている私を見かねて、結局ノルディア様が抱えてくれました。

お家に帰ったら魔法の鍛練《たんれん》だけでなく、体力アップもしなくてはいけません。

ノルディア様に抱えてもらってからは、飛躍的に登るスピードが上がり……もう少しで一番上というところで、先ほどの男の子とお姉さんがいました。

「はー、はー……」

「フェリス様、もう少しですよ！　頑張ってください！」

「そんなこと……はー……わかっている！」

男の子は汗だくですが、ここまで登ってきたガッツはすごいです。

こっそり疲労回復の魔法を掛けてあげれば、男の子は残りの階段をかけ登っていきました。

私？　……先ほどは疲れすぎていて、魔法を使う集中力をかき集めることができなかったのです。

そして辿り着いた頂上。見張り台兼展望台として開放されている屋上から見る景色は……

「……綺麗……」

「だろ」

……「綺麗」と言う言葉しか出ないほどに、美しく綺麗な光景でした。

眼下に、小さく映る建物や人々。ノルディア様が先ほど教えてくれた王城や、三つの学校にギルドが見えて、等間隔に並んだ学校が美しいです！

　高等学校の後ろの方には、見慣れたホワイトリーフ公爵家もあります！

「ノルディア様、連れてきていただき、ありがとうございましたの！」

　お礼を言うために見上げたノルディア様は、なぜか私でも、綺麗な景色でもない方を見ていて……？

「フェリス様、あんまり身を乗り出さないでください」

「うるさい！　僕は外を監視してるんだ！　父上に褒めてもらうんだから、邪魔をするな！」

「フェリス様が怪我をしたら、怒られるのは私なんですよぉ……」

　視線の先にいるのは、先ほど見かけた二人です。男の子は落下防止の塀によじ登って下を眺めていて……身を乗り出しすぎです!!

　お姉さんが近寄った瞬間、男の子の体がぐらりと揺れて、塔の上から落ちてしまいました!!

「危ねェ！」

　横にいたはずのノルディア様が、一瞬で飛び出していきました。

　呆然と目を見開きながら落下していく男の子の足を掴もうとして……けれど、伸ばした手は空《くう》を切りました。

「クソが！」

「フェリス様ー‼」

ノルディア様が怒鳴った瞬間、お姉さんは地に伏せて泣き出してしまいます。

落ちていく少年の姿に、ノルディア様の顔が苦しそうに歪んでいます。

私は、ノルディア様の元へ走って……

「今度は私がノルディア様の役に立つ番ですの！」

ノルディア様の横、男の子が落ちた場所の塀を、風魔法のアシストも入れて飛び越えます！

「ユナ⁉」

ノルディア様の焦りを帯びた声が頭上から聞こえますが、今はそちらを見られないです！

「ノルディア様、信じてほしいのです！」

男の子の姿は……見えます！　距離もそんなに離れすぎていません。

……とは言っても、自由落下で追いつくことは不可能です。

「重力魔法〈急落下《ダイブ》〉！」

グンと上がる落下速度に、風を受けてばたばたと音を立てるスカート……思っていた以上に怖いです！

すぐに男の子の横に並んでしまいました！　解除！　魔法を解除です！

「こっちに来るのです！　風魔法〈風《ウインド》〉！」

風魔法で引き寄せて、なんとか掴んだ男の子は、気絶してしまっているようです。暴れられると厄介なので、大人しくて良かった。

力の抜け切っている男の子の体を抱きしめて……ここからは、私もやったことがないです！

普段は風魔法で空を飛んでいますが、高いところからスピードの乗った状態、しかも男の子を抱えている状態で体重はほぼ二倍。うまくいけば良いのですが……

……いえ！　ノルディア様に「信じてほしい」と言ってしまいました！　ノルディア様に嘘をつく訳にはいきません！

「風魔法〈暴風《ストーム》〉!!」

魔力量は大丈夫そうですが、一気に魔力を使っているせいで負荷がすごいです！

成長しきっていない体が悲鳴を上げていますが、我慢です！

上空に向かって吹きあげる暴風は、一瞬だけ私と男の子を持ち上げて、思惑通り落下スピードを和らげてくれました。

地面が徐々に近付いてきて……地面に足が着いた瞬間、座り込んでしまいます。

強ばっている腕で男の子を離せば、地面にゴロリと転がってしまいますが、スウスウと息をしているので許してほしいのです。

それよりも……ふ、震えが……いまさら止まらないです……！

失敗したら男の子も私も死んでしまって……ノルディア様の目の前で子供が二人も死んでしまうという特大のトラウマを植え付けるところでした……!!

「大丈夫ですか⁉」

森の方向から数人の男性が、塔から落ちてきた私に驚いて飛び出てきます。

ホッとしながら男の人を見て……咄嗟《とっさ》に氷魔法で、〈氷の盾《アイスシールド》〉を無詠唱で創り出します。

「大丈夫です……の？」

無詠唱だと強度は下がりますが、今は仕方がないです！

魔法の発動が完了したと同時に「キイン」という音が響いて、透明な〈氷の盾《アイスシールド》〉に細い傷がつきます。近くの地面にナイフが落ちて、駆け寄ってきていたはずの男性が、そのナイフを見つめながら警戒するように立ち止まりました。

「……なぜですの？」

「こっちが聞きたいのですが、どうやってナイフを防いだのですか？」

少しだけ離れたところからこちらを窺う男性の手には、地面に転がるナイフと同じものが握られています。油断のない瞳で私の様子を観察しながら、男性が獲物を狙うかのような視線を時折向けるのは、横で眠る男の子です。

その後ろにいる人達も、皆様お仲間のようで。……今は氷魔法が無詠唱で展開されていることに気付かないようで警戒していますが、男の子を守りながら全員を倒すのはなかなか手間が掛かります。

「……でも、大丈夫ですの」

なぜなら、私はノルディア様に「信じてほしい」と言ったのですから。

ノルディア様なら、きっと信じてくれます。私が男の子を助けると。

だから……。

「ユナァ！　良くやった!!　後は任せとけ！」

「ズダン！」と地面が揺れるほどの衝撃と共に、ノルディア様が空から現れても、驚きはありませんでした。

声から一拍遅れて、ノルディア様の服がふわりと広がって、シャラリと耳元のピアスが揺れます。階段を使って、少し下ってきていたのでしょう。少しだけ離れた窓から、「あなたも飛ぶんですか⁉」と、お姉さんの驚く声が響きました。

「来てくれるって信じていましたの！」

だって、私が好きになったノルディア様は強くて格好良くて、少しだけ不器用ですが、味方のことは絶対に裏切らない、誰よりも優しい人ですから！

「氷魔法〈氷の盾《アイスシールド》〉、水魔法〈水の牢獄《ウォータープリズン》〉！」

ノルディア様が現れて相手の男達に一瞬生じた隙に、練り上げていた魔力で魔法を組み立てます。

男の子にはより強固な盾を！　襲撃者には動きを封じる牢獄をプレゼントです！

二人の男が水の檻から無理矢理出て、私に向かってきますが……衣服が水を吸って動きにくくなった上に、待ち構えているのは接近戦が得意なノルディア様です。

刃物を構える男に対し、ノルディア様は少しも怯むことなく立ち向かいます。

地面を踏みしめ……

「パァン！」と音がなった時にはすでに、ノルディア様が男達を倒しています⁉

は、速すぎてあんまりよく見えなかったのですが、多分掌底《しょうてい》打ちを顎に当てていました。

ノルディア様は呆れたような眼差しで倒れる男達を見て……

「物騒なモン、女に向けてんじゃねぇよ」

格好良いセリフを……セリフを……お、お、お……おおおおお、女《おんな》ですの⁉　ガキとか、ツレとかじゃなくて、女ですか⁉

女って私以外にいませんよね⁉　五歳児を……女扱い……‼　ノルディア様の言動が格好良すぎて辛いです‼

「んんんんん‼」

「ユナ⁉」

「大丈夫ですの！　萌えの過剰供給に、魔力コントロールが乱れかけただけですの！　耐えてみせますの！」

「もえ？」

「ああああ！　首を傾げないでほしいですの！　今は！　今はさらなる萌えは危険ですの！」

私があまりのノルディア様の尊さに息も絶え絶えになっていると、ノルディア様は心配そうにしながらも、襲ってきた男の人達を縛り上げることを優先することにしたようです。

仲間の一人がノルディア様に瞬殺されてしまったからか、男性達は大人しくノルディア様に捕まって、そのまま〈水の牢獄《ウォータープリズン》〉へ押し込まれています。容赦《ようしゃ》なく水牢に放り投げるノルディア様も素敵です。

「ハァ……ハァ……」

「ユナ、大丈夫か？　すげぇ魔法使ってたから、体に負担がきてるのか？」

「ハァ……いえ……ハァ……違いますの……」

「顔は赤ぇし、震えが止まってねぇ」

「いえ……これは……萌えのせいで……」

「…………そうか」

なんだかノルディア様の目が、残念なものを見るようです⁉

「……う、ん」

そうこうしているうちに、男の子が目を覚ましたようです。

パチパチと瞬きをして、男の子は首を傾げながら周囲を見渡し、自分の体をペタペタと触って。まだ何が起こったのか、わかっていないようです。

けれど、急に何かに気付いたようにハッと顔を上げました。

「ミルフィ！　ミルフィはどこに行った⁉」

「そう言えば、お姉さんが来ないのです」

「途中の階段までは一緒だったんだが、置いてきちまったな」

ノルディア様が上を見上げていますが……さすがにノルディア様が飛び下りてきた窓から、お姉さんも付いてこられる訳がないのです。

「あいつが僕を押したんだ！　なんで逃がしたんだ、役立たず！」

男の子は、ノルディア様がお姉さんを逃がしたと怒っています。

ただ、私とノルディア様がいた位置からでは、お姉さんが男の子を押したかどうかは見えませんでした。

……まぁ、もしも見えていたとしても男の子を助けながら、お姉さんを捕まえるのは無理だったので、結局逃がしていたと思いますけど！

「早く捕まえてこい！」

「嫌ですの」

男の子の言葉にすぐさま返せば、「断られるとは思ってもいなかった！」とでも言うように目を見開いています。

「なんで！」

「……逆になぜ、ノルディア様を〝役立たず〟などと怒鳴りつけたあなたの頼みを、私が聞かないといけないのです？」

込み上げる怒りを抑えながら尋ねれば、男の子は一瞬怯んだようでした。

ですが……

「……良いから、言うことを聞け！」

「嫌ですの。どうしてもと言うなら、まずノルディア様に謝ってほしいのです。ノルディア様は塔の上でもあなたを助けようとして、地上に着いてからも尽力しました。ノルディア様がいなければ、あなたが生きていたかどうかはわかりませんの。ですから、役立たずと言ったことを撤回し、ノルディア様に謝ってほしいですの」

「～ッ！　僕は王子だぞ！」

「だからなんですの？　王子だとしても、ノルディア様を侮辱することは許さないのです！」

そう言い返せば、男の子は青色の瞳を見開いて呆《ほう》けて……あれこの子、金髪碧眼の王子で、名前はフェリスですか？

…………攻略対象ですの⁉

「僕は王子だから、逆らったらどうなるか、わかってるのか⁉」

確か、フェリス・ユーフォルビアはかなり人気があった攻略対象でした。ヒロインが生まれ育つユーフォルビア王国の第一王子で……ノルディア様が護衛していたキャラク

ターです！　真剣に護衛の仕事をするノルディア様が格好良くて覚えていました！

……いやいやいや！　さすがにフェリス王子の情報量が少なすぎます！　唸《うな》るのです！　私の記憶力！

乙女ゲームをやっていた時に一度だけ、フェリス王子ルートにしてしまったことがありました。ノルディア様ルートの周回をしていたのに、選択肢を間違えてしまって……それは今、関係ないですね。

その時のキャラ設定は……確か……クーデレでした！　クールなキャラのフェリス王子がデレた瞬間、選択肢を間違えたと絶望した記憶があります！

あれ？　でも……？

「おい！　聞いているのか！　無視するな！」

チラリと見たフェリス王子は、まだキーキーと怒っていて……クールな印象は全く見られません。

このフェリス王子がクールキャラ？　ううーん、何かしっくりこないです。

確か性格に影響を及ぼす事件があった気がするのですが……

……そうです！

『あの方は幼少の頃、ある事件で命を落としかけた。闇の精霊と契約をし、なんとか助かったけれど、闇の精霊は一般の者にはあまり好まれない。事件を起こしたのが、親しい侍女だったのも悪かった。あの方は孤立し、故に私をいまだに信じてくれない。あの方は一人ぼっちだ。あなたが彼の閉ざした心を開いてくれれば。他力本願だがそう思ってしまう』

フェリス王子ルート確定後、仕事モードノルディア様から言われる言葉です！

想い人であるノルディア様から、フェリス王子との仲を取り持つようなことを言われ、ゲームの画面に頭を打ちつけんばかりにして号泣した記憶があります！

ノルディア様の望みなら、とフェリス王子の攻略を続けましたが、正直言って地獄でした。それはさておき……

つまり、フェリス王子は侍女によって命を落としかけ、闇の精霊と契約して助かり、性格が変わるようですね。だから今はクールキャラではないと。

親しい侍女、ミルフィによって、命を落としかけたフェリス王子。まるで今日の出来事が、クールキャラになる原因だった事件とそっくりですね。

………………もしかして、今のでクールキャラになるフラグを折ってしまいました⁉

「おい！　聞け！　返事をしろ！」

「……まぁ、どうでもいいですの」

「は？」

「クーデレになろうが、ヤンデレになろうが興味ないのです！　それよりもノルディア様に謝ってほしいのです！」

何よりも大事なことを告げた途端、フェリス王子は呆然と目を見開きました。

「僕に興味、ない……」

ぼつりと呟いて伏せられた瞳から、ハイライトが消えました。何か様子がおかしいです。

……まさか、興味がないと言われたことがそんなにショックですか⁉

「僕に興味がない」

『そうダ。お前が無力だからラ、誰もお前に興味など持たなイ』

「父上が僕を見ないのは、僕が無力だから」

『信頼していた女にモ、裏切られタ』

「ミルフィも僕を……嫌っていた」

『可哀想な奴ダ。お前の元ニ、唯一残った侍女だったのにナ』

「僕は一人きり……」

『自分の身ハ、自分で守らないト』

俯いてしまったフェリス王子の体から、黒い霧のようなものが溢れ出てきます！

宙に揺らめくそれは、薄く伸びるようにフェリス王子を包み込み……その様子はまるでフェリス王子が闇の中に取り込まれるようです。

「強くならないと……」

口のようなものは見当たらない霧が、けれどどこからか発する言葉に、フェリス王子の瞳は次第に虚ろになっていき……

『オイラの力ヲ、貸してやろうカ？』

誘惑に静かに頷き……

「努力もしねェで……いや、努力もしないで得た他者の力で、自分の存在を誰かに認めてもらう。それは自分の価値にはなり得ません」

……かけた瞬間、静観していたノルディア様が言葉を発しました。

『黙っていロ。強い奴ニ、何がわかル！』

「……そうだ。何も持たない僕の気持ちなんてわからないくせに！」

フェリス王子が霧に同調し、それが合図でした。霧がぶわりと大きくなって、フェリス王子の体を包み込んでしまいます。

「オイラは、僕ハ、強くテ、一人じゃない」

霧はフェリス王子の体に溶け込むように消えていきました。フェリス王子の青色の瞳と、身に纏《まと》っていた衣服が霧と同じ黒に染まって、まるで先ほどまでとは別人のようです。

「悪ィ。止められなかった」

フェリス王子のことを見るノルディア様の眉間に、皺が寄っています。

フェリス王子を説得できなかったことを悔やんでいるのでしょうが、ノルディア様の言葉を聞かないフェリス王子が悪いのです。

「いいえ。ノルディア様のせいではないですの」

「ユナ、どうにかできるか？」

「ノルディア様がそれを望むのなら、頑張りますの！　ただ、近付かないと難しいのです」

「そっちは俺がなんとかする。……木刀でも持ってくりゃ良かったな」

「氷魔法〈氷の剣《アイスソード》〉。これで木刀の代わりになるのです？」

魔法で作り出した氷剣を渡せば、ノルディア様は一振りして「十分だ」と満足げに笑ってくれました。氷の粒がキラキラとノルディア様を輝かせ……ああ、眼福です……

ノルディア様の赤系の髪には炎が合うと思っていましたが、氷もなかなかです！

つい見惚れてしまっていれば……

「危ねェ！」

急にノルディア様に抱えあげられました！「ザクリ」と先ほどまで私がいた位置に

突き刺さる黒い……これは影ですか？

「邪魔ダ、消えロ！」

フェリス王子の影が、まるで意思を持つかのようにうねりながら、ノルディア様目掛けて伸びてきます！　多分、闇魔法です！

ノルディア様が避けるたびに追撃してくる影に、フェリス王子との距離がみるみる離されてしまいます。

「ノルディア様！」

「わかってる！」

声を掛ければ、今まで避けていた影をノルディア様が氷剣でいなしました。

「来るナ！　恵まれてるくせに！」

「確かに。俺は恵まれていた」

「キィン！」と、ノルディア様が氷剣で影を弾くたびに高い音がなります。

「俺は魔法が使えねぇ。それでも、剣を振る腕はあった」

何かに気付いた顔をしたフェリス王子に、ノルディア様は次々と伸びてくる影を撃ち落としながら少しずつ距離を縮めていきます。

「魔力はねぇが、それでも地を駆ける足はあった」

怯えた顔をしたフェリス王子を前に、ノルディア様は氷剣を手放して駆け出し、一気に距離を詰めました。

揺らめく影は、自分が反撃をされると思っていないようです！

「光魔法〈回復《ヒール》〉ですの！」

通常は傷を癒すための手段として使われる〈回復《ヒール》〉ですが、闇属性の生き物に対しては浄化にもなります。

『嫌ダ‼　やめロ‼』

黒い霧は一度揺らめき、それから宙に混ざるように消えていき、残ったのはフェリス王子だけでした。

「騎士になることすら無謀と言われた。俺だって零《ゼロ》じゃなかったんだ。てめぇだって、何もないはずがねェ」

ぽかんとしていたフェリス王子は、ノルディア様の言葉を聞いて「魔力なしの騎士見習い？」と小さな声で呟きました。

ノルディア様はそれに怒る訳でもなく、こくりと頷いて。それから、フェリス王子は与えられた言葉の意味を考えるように視線を彷徨《さまよ》わせ……

「………僕には魔力がある。魔法だって使える。剣は……今は使えないけど、学ぶことができる。父上の仕事だって、きっとやりたいと言えば学ばせてもらえる。……僕には、たくさんのものがある」

答えを出したフェリス王子は、くしゃりと顔を歪ませました。

「そうだ。わからなくなったら誰かに聞きゃいい。辛くなったら他の奴を頼れ。一人が怖《こえ》ェなら俺が守ってやる。ガキなんだから、ガキらしく笑ってろ」

俯きかけたフェリス王子の頭を乱暴に撫でたノルディア様は、控えめに言っても世界中の全生物を惚れさせるくらい格好良かったです。

いいえ、本当に嘘ではありませんよ？

「子供が落ちたと聞きましたが、大丈夫ですか⁉」

騒ぎに気付いた騎士の方に、事情を説明しに行ったノルディア様の後ろ姿を、フェリス王子がぼうっと見つめていますから‼

その瞳には、憧憬の念が見えるのです！

「ノルディア様は渡さないですの」

「……え？」

さすがノルディア様です！　私とのデート（だったはず。多分）でしたのに、目の前で信者が増えてしまいました‼

◆
◇
◆

ノルディア様とのデートを台なしにしてくれた、フェリス王子の命を狙った刺客の正体は、恐らく隣国の刺客だそうです。主犯のお姉さん（ミルフィ）は逃がしてしまいましたが、その後で襲ってきた男の方達を一網打尽にできたので色々と調べられたらしいと、後からノルディア様が教えてくれました。

……が、正直どうでも良いです！　フェリス王子が誰に狙われていても、私には関係がありません!!　そんなことよりもデートでしたのに！　ノルディア様とのデートでしたのに！　……と思っていたのですが……

「いつでもは無理だけどよ、時間がある時はまたどっか案内してやるから」

去り際、ノルディア様から嬉しすぎるお言葉を頂いてしまいました！　帰ってきて早々ですが、今すぐにでもノルディア様に会いに行きたいです！

けれど、ノルディア様の負担にならないようにしないといけません。

「ということで、今日は冒険者になるのです!!」

「エイ、エイ、オー！」と一人、部屋の中で拳を振り上げます。

もちろん、反応をしてくれる人なんていません。……寂しくなんかありません。

急に冒険者になるだなんて、なぜ？　と思われるかもしれませんが……暇なのです。

私の毎日のスケジュールは、勉強にダンスの練習、魔法の練習の後は、五歳児らしく昼寝の時間……なのですが、全然眠くならなくて暇なのです！

ここ最近、ノルディア様に渡すお礼の品を用意するために、鉱山へ行ったり穴を掘ったりと、お昼寝の時間は毎日のように動き回っていたので、体力が付いてしまったみたいです。

ノルディア様のところへ行きたいのですが、騎士になるために努力しているノルディア様の負担になるのは嫌です。

そんな時に思い出したのが、ノルディア様から街を案内してもらった時に見た、冒険者ギルドの存在でした。異世界と言ったら、やっぱり冒険者でしょう。

そうと決まれば即行動です！

「闇魔法〈幻影《イリュージョン》〉」

いつものように私が寝ているように見える魔法を使います。

しばらく待てば、天井裏から「今日も大人しく寝てくれた。最近平和だなぁ」という呟きが聞こえてきたので、今日の〈幻影《イリュージョン》〉もバッチリ成功です。

どうやら私の部屋の天井裏には、護衛さんがいるようなのです。

気が付いたのはこの前、ノルディア様に会いに行くために、窓から飛び出した時です。

あの時、「ユナ様、なんで窓から身を乗り出して……って、飛んで⁉　え、え、えええええ⁉」と叫んでいる声が聞こえた気がしたので、帰ってきてから部屋を隅々まで調べてみました。

そうしたら、天井裏に小部屋のような空間があることに気が付いて。そこから注意して魔力を探ってみれば、その小部屋に人の気配があることに気が付きました。

特に私に危害を加える気もなさそうなので、今は気が付かないふりをしています。

ついでに魔法の実験台もしてもらっているので、持ちつ持たれつの関係です。

「これで心置きなく出発できるのです」

開けっ放しにしていた窓から外へと抜け出して……少しだけ考えてから、見た目の見え方も変えておくことにしました。〈幻影《イリュージョン》〉を使って、白銀の髪と緑色の瞳は茶色に、小さな体は学生に見えるくらいの背丈に。

人と滅多に会わない鉱山と違って、冒険者ギルドに五歳児がウロウロするのは目立ちますから。それに、また誘拐されてしまっても面倒です。

くるりと回って確認してみれば、十二歳程度には見えます。これなら多分、街中にも溶け込みそうです。

「風魔法〈飛行《フライ》〉ですの！」

満足しながら〈飛行《フライ》〉を使ったのですが……

「ちょっと待って、今の魔法ってユナ様⁉　嘘⁉　私が〈幻影《イリュージョン》〉を見破れなかった⁉」

部屋の中から、護衛さんの叫び声が聞こえた気がしました。……多分、気のせいです。

「依頼受付中でーす♪　畑を荒らすモンスターの退治から、お家の掃除まで！　お気軽にご相談くださいー♪」

「入会したいですの！」

風魔法を使って街までやってきて、辿り着いた冒険者ギルドの前にいた人に声を掛けました。

「ふぇぇえ？　ここは冒険者ギルドですよ～？」

びっくりした顔で私を見つめるのは、ノルディア様と出会った日も大通りで呼び込みをしていた犬耳の女性です。

「あの、冒険者は危険なこともありますよ～」

垂れ耳がぴくぴくと動いています。

「あの、あの、女の子の冒険者は少ないんです～」

人型の耳はあるのでしょうか？　……ふわふわの髪で見えないです。

「ふぇぇえ、聞いてくれません～」

金色のくせっ毛、垂れ耳……ゴールデンレトリバーのようです！

「お姉さん！　お名前は何というのです⁉」

「レ、レオノーラです」

「レレオノーラさん！　私、冒険者ギルドに入会したいですの！」

「レレオノーラではなく、レオノーラです～」

涙目のレオノーラさん、可愛いです。


「ユーナさん……ユーナさん……ふぇぇえ、返事してほしいです～」

あ、ユーナと偽名を使ったのを忘れていました。

登録を進めてくれていたレオノーラさんが、受付の向こうで涙目になってしまっています。

「ご登録はできましたけど、依頼は受けますか？　今日のおすすめはパン屋さんからのパンの配達依頼や、孤児院のお手伝いです～」

「薬草採取がファンタジーの基本ですの！」

「ふぇ？　確かに薬草採取の依頼は、ユーナさんのＥランクでも受けることができますけど～」

「何事も挑戦ですの！」

冒険者ギルドを飛び出せば、後ろからレオノーラさんの「ふぇぇぇ」という声が響いてきました。

風魔法の〈飛行《フライ》〉で行ってくれれば、あっという間に終わります。

「風魔法〈飛行《フライ》〉ですの！」

初めて出る街の外……と言っても王都のすぐ傍ですが、森のような場所に来るのは久しぶりです。

周りにはたくさん草木が生い茂っていて、一応薬草の見本も貰ってきましたが、ここから探し出すのは結構手間が掛かりそうですね。

「う～ん……闇魔法〈探知《ディテクト》〉ですの」

一瞬だけ悩んで、魔法を使うことにしました。ノルディア様と一緒に戦った闇の精霊の動きを真似て、自分の影を広げていきます。薄く広げた影が、周囲を少しだけ暗くして……それが普通の光景に戻ったら準備完了です。

「どこに薬草があるか、把握済みですの！」

魔法で薬草の位置を把握した後は、取りすぎて薬草を枯らさないよう、少し摘んでは移動して、少し摘んでは移動してを繰り返すだけです。

「……ただの作業ですの」

冒険者のお仕事、思っていたよりつまらないです。森を荒らさない程度に薬草を採取したら、もう帰ることにしましょう。

これなら、ノルディア様のピアスの魔石を採りに行った時の方が面白かったです。探知魔法を使っても、出てくるのは小さな魔石ばかりで。やっと見つけた大きい魔石は、地中深くに埋まっていて、掘り起こすのが大変でした。

それもノルディア様のことを思えば全然苦ではなく……

「グルルルル」

……むしろその大変さも、ノルディア様のためだと思えば嬉しく……グルルルル？

不思議な音に気付いて後ろを振り返れば、背後には……ゴブリン……？

いえ、ゴブリンがウルフに乗っかっています！　ライダーゴブリンがいました！

「火魔法〈ファイ……いえ、森の中で火は危ないですの。〈氷の矢《アイスアロー》〉！」

咄嗟《とっさ》に氷の矢を作って放ちますが、避けられてしまいました。足となっているウルフの動きが速いのです。

「むぅ……ならば避けることを不可能にするだけですの。……氷魔法〈氷の世界《アイスワールド》〉!!」

魔力にものを言わせて、周囲を氷漬けにしていきます。

動きが素早いウルフも、地面から凍っていけば逃げ場はありません。

あっという間に足を固められたウルフとゴブリンは、今までの勢いをみるみる萎《しぼ》ませて怯えます。

「人を襲ったらダメですの。あんまり悪さしていると、ノルディア様に斬られちゃいますよ？」

今回はモンスターの討伐は依頼を受けてきませんでした。

ゴブリンとウルフは放っておいて、帰ることにしましょう。

「ユーナさん、おかえりなさい～！　お怪我はありませんか～？」

冒険者ギルドに戻ってきたら、レオノーラさんが受付の向こう側から手を振ってくれました。

「ないですの。これ、薬草ですの！」

「ふぇええ？　薬草がこんなに？」

レオノーラさんの受付で取ってきた薬草を取り出せば、大きな目をさらにまん丸にして驚いています。

「依頼達成ですの？」

「はい～。薬草採取は五本一束で一回分の依頼なので、ユーナさんは十回達成です～。報酬の銀貨三枚です～」

初めて自分の力でお金を稼ぎました。

これでいちご飴店の店主さんとの約束を果たせそうです。

「ありがとうですの！」

「お疲れ様です～」

貰った銀貨をなくさないようにしないといけません。

お家に帰ったら、見つからないように小物入れに隠しましょう！

……その前に……

「………………（コショコショ）」

「触りたい？　良いですけど～」

「フワフワですの！」

「ふぇえええ⁉」

ずっと気になっていたレオノーラさんの髪はフワフワでした。なぜかぐったりとしていましたけれど。

冒険者を体験してみたり、魔法の練習をしてみたりと、ノルディア様に会いたくなる気持ちを必死に抑えて二週間が経ちました。

そろそろノルディア様に会いに行っても、良い頃でしょうかと考えて騎士学校を訪れたのですが……

「なんだ、お前もノルディアに会いに来たのか？」

「……なぜフェリス王子がここにいるのです？」

「べ、別にノルディアに会いに来た訳じゃないんだからな！」

「ツンデレは要らないですの！　そもそもその前に〝お前もノルディアに会いに〟と言っている時点で意味ないですの！」

「つんでれ……？」

……なんでフェリス王子がいるのでしょうか。

私がノルディア様に会いたいのを我慢していたのに、まさかフェリス王子は毎日来ていたのですか⁉

「呼んでる奴がいるって言われて来てみれば……今日は二人か」

「今日〝は〟⁉　本当に毎日来ているのです⁉　お久しぶりですの、ノルディア様！！」

「ま、毎日じゃない！　三日に一回くらいだ！　ノルディア、遊びに来てやったぞ！」

「来すぎですの‼」

「おう。ユナ、この前は悪かったな。フェリス王子、ありがとうございます」

息を切らしたノルディア様は、急いで来てくれたのでしょう。私服ではなく、騎士学校の制服で……格好良いです！

もちろん、ゲームで見慣れているカチッとした騎士服も格好良かったですが、動きやすさ重視の学生服も比べられないくらい格好良いです！

「ノルディア様、もし忙しくなかったら、この前のデートをやり直したいですの！」

「ノルディア、街を案内させてやってもいいぞ」

「三日に一度も街に来ているのに、どこを案内させるつもりですの！」

「なんだと！　僕は王子だぞ！　譲れ！」

「ユナ、落ち着けよ。フェリス王子、申し訳ありません。前々から約束していたので今日は……」

ぺこりとフェリス王子に頭を下げたノルディア様は、「前みてぇなことになったら厄介だから、念のために剣だけ持ってくる」と告げると、私達を残して学校に戻ってしまいました。

「…………………」

「…………………」

き、気まずいです。

ちらりとフェリス王子を見れば、その瞳にはうっすらと涙の膜が張っています。

「……仕方ないですの」

「はぁ」とため息を吐けば、フェリス王子は不思議そうに私を見てきます。

本当はノルディア様と二人きりが良かったのですが……私が逆の立場なら、悲しくてご飯も喉を通らなくなってしまいます。

「待たせたな」

「ノルディア様、全然待ってないですの！」

短い時間で戻ってきたノルディア様の手には、持ってくると言っていた剣があります。あと、先ほどは確認できなかったのですが、耳には私がプレゼントをしたピアスが揺れています。

「似合ってるか？」

私の視線に気が付いたノルディア様が、首を傾けて見せてくれました。揺れるピアスが、ノルディア様の魅力を爆発させています。

「格好良いですの！」

「いいモンくれてありがとうな」

笑ったノルディア様が頭を撫でてくれます。すごくすごくすごく嬉しいのですが、視線の端にムクれるフェリス王子が見えてしまいます。

「ノルディア様、本当は二人で出かけたいのですが……仲間外れは可哀想ですの」

「ユナが良いなら皆で出かけるか」

「……まぁ、公爵令嬢と王子だったら、一人でも二人でも変わらねぇだろ」なんて呟きが聞こえた気がしてノルディア様を見上げますが、別に普段通りだったので多分聞き間違いですね。

「ノルディア様と一緒に行きたいところがありますの。もしもノルディア様が良ければ、一緒に行ってほしいですの」

「おう、良いぜ」

「待て、僕は良いと言ってないぞ！」

フェリス王子が不満の声を上げかけましたが、「嫌なら付いてこなければ良いだけですの」と言ったら、「……行く」と呟きました。

「で、ユナはどこに行きたいんだ？」

「今日は市場に！　この前に来た時、とても素敵なお店を見つけたのです！」

「よし、なら暗くならねぇうちに行くぞ」

ノルディア様は当たり前のように手を取ってくれます。それから、フェリス王子にも同じように手の平を向けました。

「……え」

大きく目を開くフェリス王子に、ノルディア様は不思議そうな顔をして。それから「ああ」と、何かに気付いた表情をしました。

「手を繋ぐのが嫌なら良いんですけど、はぐれたら厄介なんで駄目ですか？」

「べ、別に嫌なんて言ってないだろ！」

ノルディア様の手を掴んだフェリス王子の頬は、うっすらと赤く染まっています。

「……フェリス王子、ノルディア様はぜっっっっっったいに渡さないですの」

ノルディア様に聞こえないよう、こそりとフェリス王子に耳打ちをしておきました。

◆ノルディアサイド　妖精の子とのデート◆

右手には、花の蜜をたっぷりと使った焼き菓子の店を、キラキラとした目で見つめる公爵令嬢。

左手には、雑貨市に置いてある、真偽のわからないまじない道具に釘付けとなっている第一王子。

ついでに背後には、王子の護衛と思われる騎士が四人。

おまけに視線を上げれば、民家の屋根の上に、公爵家の者と思われる人間が一人。……今日は撒《ま》かれずに付いてこられたんだな。

「ノルディア様、ノルディア様！　美味しそうな匂いがしますの！」

「ノ、ノルディア……あれはなんだ？」

「どうするか」と考えていた俺は、しかし左右から名前を呼ばれて、思考を止めた。

俺を見上げる緑色と青色の瞳は、楽しくて仕方ないと言わんばかりで。その視線に対して「やっぱり今日はやめねェか？」なんて、俺には言うことができなかった。

「まぁ、護衛達に止められねェってことは黙認してんだろ」と俺は当初の予定通り、市場の案内を続行することにする。

「フェリスおう……は呼ばねェ方が良いな。騒ぎになるとまずいからフィーって呼ぶぞ？　口調も今だけは我慢してくれ」

「う、うむ」

「それはまじないの道具だよ。これは……あー、想い人が夢に出てくる効果があるかもしれねェ匂い袋だと」

「想い人？」

「好きな奴って言えばわかるか？」

フェリスの持っていた、ぐにゃぐにゃと不思議な絵の描かれた小袋は最近流行っている匂い袋だった。

どちらかと言うと女性に人気のそれをフェリスはぎゅうと握りしめ、「好きな人」と小さな声で呟いた。

「ユナ、あれは魔物の頭に生える花の蜜を使ってる菓子だ。倒しやすい魔物だから市場でも出回りやすいんだよ。一個食ってみるか？」

「食べてみたいですの！　お金も持ってきていますの！」

「バーカ、ガキが遠慮してんな。んな菓子代ぐらい俺が出してやるよ」

「……うう、ありがとうですの」

甘い匂いのするパンを一つ買えば、ユナは嬉しさ半分、申し訳なさ半分という顔をして礼を言った。

「ノルディア様は食べませんの？」

「俺はいい……いや、やっぱり一口だけ食ってもいいか？」

「もちろんですの！」

一応毒を警戒して一口だけ齧《かじ》ってみる。予想はしていたが甘すぎる菓子に怯みながらも味を確かめる。

妙な苦みもないし、そもそも屋台で売られている山積みの菓子だ。毒を仕込むことも難しいだろう。

「ありがとな」と菓子をユナの手に戻せば、なぜかユナがプルプルと震えだした。

「はわわ、ノルディア様と間接キス……。も、もったいなくて食べられないですの！なんで私は保存用の魔法を覚えていないのです！」

「食いさしは嫌だったか？　買いなおすか？」

「少しも嫌じゃないですの！　食べるのです！」

意を決したように菓子に口を付けたユナはとても嬉しそうで、そんなに喜ぶのなら買って良かった。

「フィーさんも半分どうぞですの」

「僕もいいのか？」

「一人で全部食べたら、夕食が食べられないですの」

「……ありがとう」

フェリスは菓子を手にしながら、まだまじない道具を見つめている。「欲しいのか」と声を掛けようとしたが、ユナがフェリスに話しかける方が早かった。

「その匂い袋、欲しいのです？」

「べ、別に……」

「会いたい人がいるなら、夢で会おうとせずに直接会いに行けばいいですの」

「……嫌がられないか？」

「無理強いなどは良くないですが、会いたいと言われて嫌う人はいませんの」

菓子を半分ずつ齧《かじ》りながら話をする二人を微笑ましいと見守っていれば、フェリスがじいっと俺を見つめていた。

「……ノルディアも、僕が会いたいって言っても嫌わないか？」

「そんぐらいで嫌わねェよ」

答えれば、フェリスは小さく息を吐き出す。

安心した顔に、「それで良い」なんて、わざわざ口に出さないけれど。

「ノルディア様、私も！　私もノルディア様に会いたいですの！」

「おう。いつでもは無理だけどよ、騎士学校とかギルドとかの予定がない時なら良いぜ」

「もちろんノルディア様の邪魔はしませんの！」

ピョンピョンと跳ねて喜ぶユナの姿に、俺は「そんなに嬉しいことか？」と思いつつも、慕われるのも悪くないと頬を緩める。

「空間魔法〈映像保存《ピクチャー》〉……はぅ、ノルディア様の微笑み……ＳＳＲスチルゲットですの」

ユナがとろけた瞳で何かを呟くが、もはやそれにも慣れてしまった気もする。

……一瞬、かなりの量の魔力が動いた気もしたが、悪意は感じねェし大丈夫だろう。

「ノルディア様、先ほどはお菓子を頂いたので、次は私がお返しをしたいですの！」

「別に良いって言ってんだろ」

「いえ！　それに店主さんに、この前助けてもらったのです！　そのお礼も兼ねていますの！」

そう言ったユナが駆けていった先にあったのは、やたらと強面のおっさんが店頭に立つ飴細工の菓子を売る店だった。

「店主さん、この前はありがとうございましたですの」

「……あ、この前の」

「道を教えていただいたおかげで助かりましたの！　今日はこの前頂いたお菓子を買いたいですの！」

「本当に買いに来てくれたんだ」

俺より余程大きな体のおっさんは、ユナの姿にニコリと笑う。

「……来てくれないかと思ってた」

「どうしてですの？」

「……俺の見た目、怖いから。本当は君が来てくれた日、店をたたもうとしてたんだ。皆に喜んでもらうお店がやりたかったんだが、全然売れないし。……冒険者ギルドの人からも、向いてないから戻ってこいって言われて……」

「やめてしまうのです⁉　本当に美味しかったので、残念ですの」

「……うん、やめようかと思ってた。けど、君が来てくれたから。俺のこと、怖がらずに話しかけてくれて、美味しいって言ってくれたから。だから、やめることをやめたよ」

そう言うおっさんは悪い奴ではなさそうだが……基本的に「去る者は追わず来る者は拒まず」スタンスを貫く冒険者ギルドがわざわざ声を掛けてくるなんて、余程の実力者ということだろう。

そういえば、巨人族の血を引く凄腕の冒険者が引退をしてしまったと、ギルドの受付嬢のレオノーラが嘆いていた気がする。

もしかすると冒険者に戻ってくれるかもしれないと、この前は小躍りしていたが……

「……君のおかげだよ」

「またいちご飴が食べられて嬉しいのです！」

……ユナもおっさんも嬉しそうにしているし、これ以上考えるのはやめておこう。

「……これ、売り物じゃないけどあげる」

おっさんはユナが買った菓子を数個と、それから花の形に切ってある果物で作った飴細工を渡した。

「……嬉しかったから、お礼」

「可愛いですの！　ありがとうですの！　ノルディア様にお花の飴をあげますの！　フィーさんもお一つどうぞですの」

ユナは嬉しそうに喜んでなぜか、一つしかない花型の飴を俺に渡した。

……いや、それはおかしいだろう。店主のおっさんも「あ……」という顔をしてしまっている。

「いや、これはユナが食べれば良いだろ？」

「ノルディア様とお花、似合いますの。あ、甘さは控えめなので、ノルディア様も好みだと思いますの！」

しかしユナは見当違いに味の心配をしていて、普通の飴細工をぱくりと食べ始めるものだから、俺は花の飴を食べるしかない。

「……なんか悪ぃな。うめェ」

「……大丈夫。ありがとう」

厳つい店主の寂しそうな背中に、どことなく申し訳ない気分になってしまった。

◆　◇　◆

「今日はありがとうございましたの！」

「僕も。今日は楽しかったぞ、ノルディア！」

ノルディア様と無事にデートが終わって、いちご飴の店主さんとの約束も果たせて大満足です。

「本当に送らなくて良いのか？」

「はい！　大丈夫ですの！」

「迎えの者が来るから大丈夫だ」

心配そうな顔をしたノルディア様ですが、私とフェリス王子の言葉に少しだけ考えてから、「気を付けろよ」と短く言って去っていきました。

人によっては無愛想な態度と見られてしまいますが、これはノルディア様なりの優しさです。

多分ですが、『無事に家まで帰れるか心配だけど、無理に付いていっても迷惑かもしれねェな』とか思っているのでしょう。そんなノルディア様も優しくて格好良いです。

ノルディア様が見えなくなるまで手を振って、後はこっそり抜け出してきた家に、風魔法で飛んで戻るだけです。

「……ですが、ちょっと気になることもあるのです」

家の方向に進みかけていた足を止め、フェリス王子が去っていった方向を振り返ります。

その先にあるのは、日が暮れて闇の深くなってきた街並みですが……やっぱり勘違いではないみたいです。

「……闇魔法〈幻影《イリュージョン》〉」

使った魔法は、姿を隠すための魔法です。これから向かう先にいる人物に、気付かれたくありません。……無駄かもしれませんけど。

私の姿は、闇に紛れるように夕暮れの街から薄れていきます。

そこまでは良かったのですが……〈幻影《イリュージョン》〉によって私の姿が完璧に消えた瞬間、「え⁉」という声が路地裏に響きました。

姿を消しただけで、私はまだその場にいるのですが……声の主はそんなことには気が付かない様子で、私がいた場所までやってきました。

「ど、どうしよう。また見失った……リージア様に呆れられる……」

私がいた場所（今もまだいるのですが）をグルグルと歩き回ったその人は、途方に暮れた声で呟きます。

リージア様と言っているということは、多分護衛の人でしょう！

けれど、これから行く場所は少し危ないのです。できれば付いてきてほしくないのですが……

「さ、探してみよう！　まだ遠くには行ってないかもしれない！」

……考えている間に、護衛さんと思われる人は去っていってしまったので、このままわ、私が撒《ま》いたのではなく、護衛さんがどこかへ行ってしまっただけです！

進むことにします！


「光魔法〈光の矢《ライトアロー》〉」

人通りの少ない路地の中、魔力で作った〈光の矢《ライトアロー》〉が闇を切り裂きました。

光に照らされて僅かに明るくなった闇の中、いまだ気付かれていることをわかっていない様子の〝それ〟に向かって話しかけてみます。

「コソコソとついて回って、未練がましいですの」

数本先の大通りには、先ほど別れたばかりのフェリス王子が歩いています。

今日一日、ノルディア様と幸せな時間を過ごしている間中、魔力感知にずっと何かが引っかかっていました。例えるならば、視界の端にずっと色付きの布がひらひらと揺れているような状態は、正直うっとうしくて仕方なかったです。

フェリス王子の姿が見えた時からずっと感じていた、違和感の正体。それは……

「なんデ、オイラがわかっタ？」

……ノルディア様と一緒に戦った、闇の精霊さんです。

「魔力が漏れ出ていてバレバレですの。まだフェリス王子に取り憑きたいのですか？」

「……精霊の魔力を感知するなんテ、普通はできなイ」

ユラユラと揺れる黒霧は、フェリス王子に取り憑こうとしていた時よりも二回りほど小さくなっていますが、地面に突き刺さったまま煌々《こうこう》と光る魔法の弓矢を睨みつける眼差しは忌々《いまいま》しげです。

「……なんデ、オイラの邪魔ばかりすル？　お前嫌いダ」

「嫌いで結構ですの。私もノルディア様とのデートに水をさされて怒っていますの」

闇の精霊が不機嫌そうに言い放ちますが、私だって同じくらい怒っています。何よりも大事なノルディア様との時間を邪魔されて、嫌いだと言いたいのはこちらの方です。

「子供のくせに生意気ダ！」

「あなたこそ、前に一度負けているくせに生意気ですの！」

バチリと火花が散った気がしたのは、多分気のせいではないでしょう。

第三章　闇の精霊は交通手段？

「オイラの邪魔ヲ、するナ！」

闇の精霊さんの、黒い霧のような体がゆらりと揺れて、次の瞬間には大きく広がりました。

その姿は、前回ノルディア様と一緒に戦った時と同じです。

きっとそれが、闇の精霊さんの戦闘モードなのでしょう。……けれど、前回と違う部分もあります。

「前回より、少し薄くなっているのです？」

それは闇の精霊さんの体の色でした。

黒い霧のような体は同じなのですが、前回は真っ黒な夜空のようだった黒色が、今回は薄いグレーのような色になっています。

精霊さんは魔力によって体を形成させていて、魔力がある限りその体が死んでしまうことはないらしいです。

その精霊さんの体が薄れているということは……

「……フン！　やっぱりオイラ、今日は見逃してやることにしタ！」

闇の精霊さんは鼻を鳴らして体を元の大きさに戻しましたが、やっぱり魔力不足で間違いなさそうです。

「もしかして、前回の私の攻撃で弱ってしまったのです？」

「別ニ！　あれぐらいデ、オイラはやられないかラ！」

闇の精霊さんの態度は頑《かたく》なですが、その態度とは裏腹に、灰色の体は風に吹かれて揺らいでいます。

そのまま放ってしまえば、きっといつかは魔力がなくなってしまって、存在ごと闇の精霊さんは消えてしまうでしょう。

「……私の魔力を分けてあげてもいいのです」

「はぁ」とため息を吐きながらそう言えば、闇の精霊さんは驚いたような顔をしていました。

「その代わり約束してほしいのです。フェリス王子を危険な目に遭わせるのはやめてほしいです。それから、フェリス王子がノルディア様の近くにいる時は、ストーカーのように後を付いて回るのも駄目ですの」

今日みたいに闇の精霊さんが物陰から見ているのに気が付くと、ノルディア様とのデートを全力で楽しむことができません。

「魔力を渡したラ、オイラがまた暴れると思わないのカ？」

闇の精霊さんは、体と同じように瞳まで揺らしながら問いかけます。

「暴れるなら、私もまた倒してあげるだけですの」

助けてほしいのか助けてほしくないのか、よくわからない態度の闇の精霊さんですが、手を差し伸べると、ゆっくりと近付いてきました。

一応私は全ての属性の魔法を使うことができるので、闇の魔力もあるとは思うのですが……

「オイラは闇の精霊だゾ」

「……？　見たらわかるのです」

「助けるなんテ、お前おかしい人間だナ」

「精霊さんは、おかしい人間に助けられているのです」

私の心配は杞憂《きゆう》で終わって、闇の精霊さんは私の分けた魔力で無事に回復したようです。

夜空の色に戻った闇の精霊さんは、何かを言いたそうな様子でゆらゆらと揺れています。

「お前、オイラと……」

何度か口を開いては閉じて、ようやく闇の精霊さんが言葉を発した瞬間。

「お前、前回の精霊だな。ユナに何をしてやがる」

闇の精霊さんに剣を向けるノルディア様が、私の前に突然現れました⁉

「この前の精霊の魔力を感じたから追ってきたんだが、ちょっと遅かったな。悪ィ、何もされてねェか？」

闇の精霊さんの魔力を感知して、走ってきてくれたのでしょうか？

少し髪の乱れたノルディア様は、いつもより少しワイルドで格好良いです！

「ユナ、大丈夫か？　ユナ、ユナ？」

剣を握る姿も思わず見惚れてしまうほどに格好良いです。ノルディア様の立ち姿、何時間でも眺めていられます。

「……ちょっと待ってろ。アイツを斬ってくるから、その後に治療院に連れていってやるからな」

「ハッ！　ノルディア様の格好良さにトリップしていたのです！　ノルディア様、今日は何もされていないので、精霊さんを斬ったら駄目ですの！」

ノルディア様の魅力にフリーズしていたら、闇の精霊さんに何かをされたのだと、ノルディア様に勘違いをさせてしまいました！

慌てて声を上げましたが、ノルディア様は闇の精霊さんを斬る五秒前でした。危なかったです！

「本当に何もされてねェのか？」

「されていないのです！　ノルディア様に見惚れていただけですの！」

「無事なら良いけどよ……こんなところで何してたんだ？」

安堵の息を吐き出すノルディア様は優しいですが……何をしていたかと言われれば……えっと、フェリス王子を襲った闇の精霊さんに魔力を分けて、回復をしてあげていました？

「えっと……その……」

言葉にすると、なんとなく怒られそうな気がします！

「ユナ。一人でなんでもしようとせずに、ちゃんと俺を頼れ……って言っても、聞かねェんだろうけどよ」

けれど、ノルディアの言葉と表情が僅かに曇っているのに気が付いた瞬間、私の中に隠すという選択肢はなくなりました！

「闇の精霊に魔力を与えるだけのつもりでしたの！　だから、その……ノルディア様に頼れなかったとか、そういう訳ではなかったのです！」

「精霊に魔力を渡す？」

「精霊は魔力を使い切ってしまうと、存在自体も消えてしまうのです。闇の精霊さんも私の光魔法で弱ってしまって……見捨てれば、消えてしまうかと思ったのです」

事情を説明すれば、ノルディア様は「なるほど」と呟きました。

「悪さをした精霊なのに助けるのか？」と聞かれるかと思ったのですが、ノルディア様は全く気にしていない様子です。

「……ノルディア様は、反対はしませんの？」

本当は少し、精霊さんに魔力をあげることを迷っていましたの。

闇に溶けるように身を小さくして、フェリス王子を見つめる闇の精霊さんは寂しそうでした。

今にもゆらりと消えてしまいそうなその存在の、全部が悪いもののようには、私には見えませんでした。

……ですが、その闇の精霊がフェリス王子に取り憑こうとしていた事も事実です。

何もしなければ、数日のうちに消えてしまいそうな闇の精霊。放っておくことができず手を差し伸べたものの、その判断が正しいことなのか迷っていました。

「ユナは助けたいと思ったんだろ？」

「……はい」

「なら助けりゃ良い」

「ノルディア様は……私が間違ったことをしてしまっても、嫌いにならないのです？」

俯く私の顔を、「なぁ、ユナ」と呼びかけながら、ノルディア様が覗《のぞ》き込みます。

きっと私の瞳はユラユラと揺れてしまっているでしょう。

他の誰でもない、ノルディア様にだけは嫌われたくありません。

ノルディア様に関わる全ての判断を間違えたくはないのです。

「んな心配そうな顔してんな。お前の選択が間違ってたら、そん時は一緒に尻拭《ぬぐ》いでもなんでもしてやるよ」

「あ」と、心の中で呟きます。

もしかしたら声が漏れてしまったかもしれませんが、気にする余裕が今はないのです。

今の言葉は『君紡《きみつむ》』のノルディア様のセリフに少し似ていました。

『大丈夫だ、前を見ろ。もしもお前が道を違えたら、その時は俺がお前の指針となろう』

ゲームの中で護衛騎士としてヒロインさんに声を掛けたノルディア様と、目の前に立つ騎士見習いのノルディア様。言葉選びは多少違っていても、その姿が重なります。

『『俺は前に進もうとする強さと、お前の優しさを尊敬する』』

ゲームの小さな画面で、何度も何度も見返したノルディア様の姿を思い出してしまって。目の前に立つのは本当にノルディア様なのだと、突きつけられるようです。

「……はい」

じわりと滲んだ涙を知らないふりで、ノルディア様に笑いかけます。

私がまだ「ユナ・ホワイトリーフ」ではなかった頃、失敗が怖くて、誰かに嫌われるのが怖くて、いつも曖昧な笑みを浮かべて立ち尽くしていました。

そんな時、たまたま街で流れていた広告でノルディア様を見ました。なんてことのない、数十秒のＣＭ。そのＣＭの中で、ノルディア様は先ほどのセリフを言っていたのです。

その言葉とノルディア様の姿は、私の中にずっと残って。気が付いたら、家には『君《きみ》紡《つむ》』をするためのゲーム機器が一式揃っていました。

間違えることが怖くて、けれど前に進めるようになったのは、ノルディア様がいたからです。

「……あの時から、ずっとノルディア様は私を助けてくれますの」

格好良くて優しいノルディア様。ゲームでも現実でも、誰よりも素敵ですの。

……だからこそ。

「ヒロインさんには絶対に譲らないのです」

ボソリと呟いた言葉にノルディア様は首を傾げて、闇の精霊はゆらりと揺れました。

「やっぱりお前でも良いナァ」

「何がですの？」

「フェリスの方が暗い魔力だったタ。けド、さっきのお前の魔力モ深くて重イ。主従の契約、結んでやっても良いゾ。オイラはお前の命令聞ク。お前はオイラに魔力を渡ス」

「別にそんなものは要らないのです。あなたの力を借りたいことなんて……」

「ないですの」と言おうとして、ふと思い出してしまいました。

ゲームの中のフェリス王子が影の中から飛び出して、ヒロインさんを魔物から助けるという活躍シーンを。確か、〈影移動《シャドウムーブ》〉という闇魔法でしたが、あれはすごく便利そうでした。

「……ちなみに〈影移動《シャドウムーブ》〉はできますの？」

「オイラはすごい闇の精霊だからナ。できるゾ」

「契約するのです！」

得意げな様子の闇の精霊に若干イラッとしましたが、許します！　だって〈影移動《シャドウムーブ》〉

ができたら、ノルディア様のところに行くのが早くなりますから！

「おい、ユナ。さすがにそれは大丈夫なのか？」

ノルディア様が声を掛けてくれますが、大丈夫です‼

「このまま放っておいて、またフェリス王子の元に行かれても困りますの。悪さをしないよう、私が責任を持って見ておきますの！」

「……闇の精霊は一般的にはあんまり好まれない。嫌な目で見られるかもしんねェ」

「余計なこと言うナ！」と闇の精霊が、ノルディア様の言葉に焦ってその身を膨らませます。

ノルディア様はそちらに視線を向けることもしないのです。

「ノルディア様は、私が闇の精霊と契約をしていたら嫌いになりますか？」

「いや、なんねェけどよ」

「なら大丈夫ですの！　ノルディア様にだけは嫌われたくないですけど、ノルディア様以外に何を言われても気にならないですの！」

そう言えば、ノルディア様は目を大きく開いて、それからくつくつと笑い出したのです。

「ユナは本当に面白いな」

「ノルディア様に褒めてもらえて嬉しいですの‼」

「褒めてねェよ」と言ったノルディア様は、とても楽しそうな笑顔で。ノルディア様の笑顔を直視した目が、眩しすぎて潰れてしまうかと思いました……！

◆　◇　◆

オイラは闇の精霊。名前はまだない。

精霊は人間と契約をして、その時に初めて名前を貰う。その時までは「闇の精霊」、ただそれだけ。

だけどオイラは闇の精霊だから、闇は嫌われる属性だから、誰かに名前を付けてもらうことはこれから先もない。

他の精霊達の自慢げな名乗りを聞き流して。それは羨ましいけれど、オイラには手の届かないものだから。欲しいなんて思ってはいけない。

……そう思っていた。

「あなたの名前はヨルですの」

ユナ・ホワイトリーフと契約を結ぶまでは。

「夜のように黒い色ですから、忘れませんの。嫌ですの？」

「イ、嫌じゃなイ‼」

「それでしたら、ヨルで決定ですの」

銀色の髪の小さい子供は、火の精霊でも水の精霊でもないオイラに告げる。

大きくて暖かい屋敷に連れてこられて。本当に良いのかな、とオイラは思った。

オイラは契約をして魔力を貰える方が嬉しいけど、闇の精霊と契約をすれば、小さな子供の運命は少なからず変わっていくだろう。

「一般的にはあんまり好まれない」とノルディアは言ったが、それはずいぶんと控えめなものだと、闇の精霊であるオイラ自身も思っていた。

「わかっタ」

迷って、けれどオイラは結局、契約を結んだ。

そうしないとオイラは消えてしまうから。

「ではまず、姿を変えてほしいですの」

「……？」

名前を貰って「ヨル」になったオイラに、契約者の少女は言う。

まるで軽い頼みごとをするかのようなその口調に、オイラは、自分の方がおかしいのかと考えてしまった。

「姿ヲ？　変えル？」

「黒い靄を背中に抱え続けるのは嫌ですの。鳥さんとか猫さんとか、可愛い形になるのです」

契約者の少女は至極《しごく》真面目な顔でオイラに告げて、それからが大変だった。

「カラスみたいですの。もっと小さくなってほしいですの！」

「無理！　オイラこれ以上小さくなれなイ」

「なら猫さんはどうですの？」

「黒猫なラ」

「猫さん可愛いですの！　犬さん！　犬さんにもなれますの？　私大きいワンコを飼うのが夢でしたの！」

「魔力多めに貰えバ、大きくなれル」

「あげますの！　このくらいの大きさなら乗れそうですの！」

鳥、猫、犬、馬。最後にはよくわからない蛇のようなものにさせられて、空を飛べとまで言われた。

「……ヨル、あなたすごいですの！　何にでもなれて、〈影移動《シャドウムーブ》〉もできて、思っていた以上ですの！」

最終的に魔力の消費と見た目を考えた結果、猫の姿にさせられたオイラは契約者に抱き上げられ、そのままグルグルと振り回された。

「やめロ、やめテ……うェ……」

途中、「ユナ、ユナ？　入るよ？」という契約者の少女に似た声と共に、男の子が部屋に入ってきた。

契約者の少女はオイラを抱えたまま勢いよく振り向くものだから、オイラの首はグリンと回った。本物の黒猫だったら、結構なダメージになっていたと思う。

「ユナ、昨日はどこに行って……たのかは、ひとまず置いておこうかな。その猫はどうしたの？」

「リー兄、拾ってきた闇の精霊ですの！」

「闇の精霊って、不幸を呼び込むって言われてる？」

「わかりませんが、多分そうですの！」

「コソコソ出かけてるのはわかってたから護衛を付けたのに、振り切って闇の精霊を連れてくるなんて予想もしてなかったよ」

「ご飯も面倒も私が見ますの！」

「……ペットみたいなものかな」

そいつは遠くを見つめるような目をしてから、契約者の愚行によって、ぐでんぐでんにされたオイラを可哀想なものを見るように見つめてきた。

「……まぁ、ノルディア様とやらを連れてこられるよりはマシかなぁ」

ボソリと呟かれた言葉は、オイラの理解を遠く超えていた。

「僕の妹、多分普通と違うんだ。君も早めに慣れて……できれば妹のストッパーになってくれれば嬉しいいな」

優しい笑みで言うそいつの顔は、どこか諦めにも似たものが浮かんでいて。オイラはもしかしたら、とんでもない人を契約者にしてしまったのかもしれないと、いまさらながら考えた。

「リー兄、この子の名前はヨルにしましたの！」

「そっかぁ。夜空みたいな色だからかな？」

「そうですの！　さすがリー兄ですの！」

けれど、兄妹がオイラを「ヨル」と呼ぶ。

手に入らないと思っていた名前と与えられる魔力は、オイラが思っていた以上に甘かった。

「オイラ、ここにいても良いのカ？」

「……？　何を言っているのです？　明日からは〈影移動《シャドウムーブ》〉の練習ですの。どこかへ逃げたら追いかけますの」

そう言いながら、契約者がオイラの首にリボンを結んだ。

「可愛いので、首に結んであげるのです」

契約者の髪の色と同じ白銀色のリボンは、なぜか魔力を帯びている。

「ユナ、これ多分魔法掛かってル」

「魔法のリボンですの」

「これ、オイラの居場所が追跡されル？」

「逃げたら追いかけると言っていますの」

「逃げなイ……多分」

「多分では困りますの」

不幸もあちらから逃げ出しそうな、少し様子のおかしい契約者を持つ、オイラは幸福な闇の精霊。……多分。

◆◇◆

ルーファス・ラベントと言えば、ユーフォルビア王国随一の魔法使いだ。

彼が魔法を使えば一瞬で平地は焼け野原へと変わり、涸れていた川は元に戻る。

他国がユーフォルビア王国に対して無闇やたらに戦争を始められないのは、彼の存在も一因だといわれるほどの人物で。

しかしそんな彼にも苦手なものはある。

「……私は子供が苦手です。そもそも五歳児なんて話も聞かないでしょうし、魔法を教えるなんて不可能です」

アルセイユ・ホワイトリーフ公爵に呼び出されたルーファスは、困り顔を隠そうともせず言った。

「まあ、そう言ってくれるな」

古くから付き合いもあり、多少の無礼も許しているアルセイユは、「親馬鹿ですね」と表情だけで伝えたルーファスに、苦笑いを浮かべてあごひげを撫でた。いくら公爵家とは言え、ルーファスを子供の家庭教師にするのは、やりすぎだという自覚はある。

……しかしそれは、娘のユナが唐突に精霊を連れ歩くようになっていなければの話である が。

「……娘のユナだが、どうやら精霊の契約者になってしまったようだ」

「ガタリ」と座っていた椅子から立ち上がりかけたルーファスは、驚愕の表情を浮かべてアルセイユを見た。「本当か」と問いかける紫色の瞳から、アルセイユは視線を逸らさないことで、その真偽を伝えた。

「他言無用で頼むぞ。まだ王家にも報告を上げていない」

「ええ、それはもちろん」

「契約をしているのは闇の精霊で、名付けも終わっている」

「名付けまで……」

少し冷静になったのか、椅子に座り直したルーファスは、呆然とアルセイユの言葉を反芻《はんすう》する。

「最近は精霊の目撃数が減っている。その中で精霊に契約が許された者が、国内で増えたのは喜ばしいことだ」

アルセイユは言いながら、「それが自分の娘でなければ」と心の中だけで付け足した。

精霊との契約は、契約者となった人間の魔法を強化、あるいは使えない魔法も使えるようにしてしまう。それだけならば良き存在なのだが。

問題は、その希少性だ。今現在、膨大な国土を持つユーフォルビアの地において、精霊と契約をできているのはユナも含めて二人だけ。

国を守る力の強化という面ではメリットとなり、しかし契約者であるユナの親としては、子供に降りかかる危険が増える心配事となるものだった。

「ユナはまだ幼い。魔法は何やら独学で学んでいるようだが、精霊との連携の方法などを教えてやってもらいたい。むろん、闇の精霊ということで思うところもあるだろう。断ってくれても……」

「構わない」というアルセイユの言葉を遮り、ルーファスは「やります」と即答した。

感情が高ぶっているのか、ルーファスの肩の上に小さな蛍火のようなものが赤と青、二つふわりと浮かんで揺れた。

希少な精霊の契約者。ルーファスは国に二人しかいない契約者の一人。火と水、二属性の精霊と契約をしている天才でもあるルーファスは、新たな契約者であるユナの教師としてこれ以上はない適材だ。

「やります。いえ、やらせてください。闇の精霊はいまだ解明されていない謎が多く、故に不幸を呼ぶなどと言われてしまっている面もあります。私に闇の精霊の研究を……いえ、ユナ様の教師をやらせてください」

アルセイユはルーファスの力強い言葉に頷いた。

ルーファスは優秀な魔法使いだが、それ以上に未知の魔法に対する関心が強い。ユナと闇の精霊のことを知れば、一も二もなく教師役を引き受けてくれると思っていたが、予想通りとは言えその結末に安堵した。

「うむ、では顔合わせの日程を後日……」

「今からでも私は大丈夫です。ユナ様はお部屋にいらっしゃるのですか？」

「では部屋に案内させよう」

アルセイユの言葉に、ルーファスは逸《はや》る気持ちを抑えきれずに立ち上がる。

そして正面の窓……つまりはアルセイユの背後にあった窓だが、そこからずっと見えていた異様な光景に、ようやく疑問の声を上げた。

「ところで少し疑問だったのですが、窓から見える巨大な氷柱はなんでしょうか？　複数人で発動をする魔法の訓練でもしているのでしょうか？」

「……あぁ、ユナは部屋ではなく、中庭にいるようだな」

振り返りもせず答えたアルセイユを、ルーファスは不審に思いつつも口には出さなかった。

ルーファスがアルセイユに連れていかれた先は、先ほども窓から見えていた氷柱が地面から空へ向かって高々と生えている中庭だった。

こんなものがある庭に公爵令嬢がいるとは、安全面で大丈夫なのかと考えたルーファスは次の瞬間、自分の目を疑った。

「お父様？　お仕事は終わったのですか？」

「仕事はまだだけど、ユナちゃんに紹介したい人を連れてきたんだ。こっちにおいで」

巨大な氷柱の脇から、何やら不本意そうな顔をして黒猫を抱えあげた、小さな少女が現れた。しかもその少女の抱える黒猫が闇の精霊らしき魔力を纏《まと》っている。

その少女に対して、アルセイユが聞いたこともないような甘い声を出した。

目の当たりにした光景に驚きながら、ルーファスは近寄ってきた子供に、ぎこちない笑みを浮かべた。

「初めまして。私はルーファス・ラベントと申します。精霊の契約者です。ユナ様に魔法の使い方を御教授させていただきますため、本日はご紹介にあずかりました」

◆◇◆

お父様の背後から、少し硬い笑みを浮かべながら現れたのは、綺麗な紫色の長い髪をさらりと靡《なび》かせる男性でした。

「ルーファス先生……？　その名前に、紫色の髪の毛、どこかで見たような気もしますが……初めましてですの。私はユナ・ホワイトリーフで、この子は精霊のヨルですの」

ルーファス先生のことを、なんとなく見たことがある気がしたのですが……どこで見たのか、思い出せません。

長い紫色の髪なんて特徴的なのですが……人の顔を覚えるのは少し苦手です。

ノルディア様が格好良すぎて、その他の人が大体同じように見えてしまうからでしょうか？

ヨルは私に抱っこをされているのが不服なようで、「オイラ、ユナより年上だゾ」と言っていますが無視です。

「抱え心地の良いヨルがいけないのです」

「エー……マァ、良いけド」

ヨルも下ろせと強くは言わないので、それほど嫌ではないのでしょう。

ルーファス先生は、そんな私とヨルのやり取りに驚いたようです。

「先日契約をしたばかりと聞いていましたが、ずいぶん精霊に懐かれているようで……

それにユナ様の魔力量は、子供とは思えませんね」

「君を呼んだ理由がわかったかな？」

「ええ。これは早いうちに力の使い方を覚えていただかないと危ないです」

「では、ユナをよろしく頼むぞ。適当な時間で切り上げて帰って良い。次に来る時は門を通すように伝えておく故、ユナと予定を合わせて好きな時に訪ねてきてくれ」

お父様はルーファス先生と話をすると、そのままお屋敷に戻ってしまいました。

「えっと……今日から教えてもらえるのです？」

「はい。ユナ様のご都合さえよろしければ、そのようにさせていただければ」

初対面の人を、説明もほとんどせずに置いていってしまうなんて……ちょっと気まずいです。

「では少しだけ。ユナ様が独学で学んだといわれる魔法と、もしも可能でしたらヨル様の魔法も見せてもらえれば」

ルーファス先生も態度が硬くて、緊張しているのが伝わってきます。

そんなに畏まらなくてもいいのですが……

「……ああ、ですがこの氷柱が危険ですね。場所を移すか、壊しましょうか」

「わかりましたですの」

でも、私は一応公爵家の令嬢という立場なので、ルーファス先生からすると畏まらない訳にもいかないのでしょう。

ノルディア様も、私が公爵令嬢だと知ったら、態度を変えてしまうのでしょうか？

「ではユナ様、少しだけ離れていていただいて……」

「風魔法〈風の刃《ウィンドカッター》〉、火魔法〈炎の竜巻《フレイムトルネード》〉」

考えごとをしていたせいで、ルーファス先生の言葉を聞いていませんでした！

立て続けに唱えてしまった呪文によって生まれた無数の〈風の刃《ウィンドカッター》〉が、大きな氷柱を刻んで細かな破片へと変えていきます。

続いて〈炎の竜巻《フレイムトルネード》〉が、轟々《ごうごう》と音を立てて氷の破片を包み込んで、雨粒へと変えていきます。

「ユナ、濡れるゾ？」

上空に雨粒が発生したのを見たヨルは、「しゅるり」と私の腕の中から抜け出しました。

黒猫の形が溶けて、本来の姿である黒霧が私の体を覆うように広がっていきます。

突如動いたヨルに目を取られたルーファス先生は、落ちてくる雨粒のことを忘れてしまい……ヨルもそんなルーファス先生を助けようとはしませんでした。

「あ、ルーファス先生！」

私がそれに気が付いて名前を叫んだ時には、すでにルーファス先生の体は、大量の水に呑み込まれてしまった後でした。

魔法によって生み出された豪雨が降り注いだのは一瞬でしたけれど、その量は多くて。

「ぴちょん」と音を立てて最後の水滴が落ちた時には、ルーファス先生の全身はずぶ濡れになってしまっていました。

「お前、間抜けだナ」

ヨルはケラケラと笑っていますが、完全に私のせいです！

「ごめんなさいですの！」

「……いえ、咄嗟《とっさ》に動けなかった私の判断ミスです。油断をしていました」

ルーファス先生は落ち込む私に、「先ほどの魔法はすごかったですね。私が五歳の時はきっとできませんでしたよ」と励ましてくれますが……高そうなローブがびしょ濡れです。

「大丈夫ですよ。この子達が助けてくれますから」

しょんぼりとしていると、ルーファス先生は不意に片手を上げて言いました。

その言葉に反応するように、ルーファス先生の周りがチカチカと光り出します。

「紹介します。この子達が私の契約している精霊です。こっちの青い子が水の精霊のラナリア、赤い子が火の精霊のアザレアです」

ラナリアと呼ばれた青色の光が、ルーファス先生の周りをくるくると回ります。

それから、アザレアと呼ばれた赤色の光が、ルーファス先生の前でチカチカと輝きました。

赤と青、二つの光に照らされたルーファス先生の体がふわりと光って、瞬く間に水を吸って重くなっていた衣類が元の重さへと戻っていきます。

「すごいですの……」

赤と青が混ざって紫色となった光はどこか幻想的で綺麗で、私は落ち込んでいたことも忘れてしまいました。

私が他の精霊を褒めたことが面白くなかったのでしょうか。

ヨルは「オイラの方がすごイ！」と不貞腐れたように呟いて、霧状だった体を猫の形に変えると、私の腕の中に飛び込んできます。

「さっきは、守ってくれてありがとうですの」

「オイラがいて良かっタ？」

「良かったですの。おかげで濡れなかったのです」

「……そうだロ」

私の返事に満足げな顔をして、ヨルは私の腕に体を擦りつけています。

さっきは抱っこに不服そうな顔をしていたのですが、やっぱり満更でもなさそうです。

最初はノルディア様のところへ行くための〈影移動《シャドウムーブ》〉が目当てで契約をしたヨルで

すが、一緒に過ごしていると結構可愛く見えてきます。

「その様子でしたら仲も悪くなさそうですし、大丈夫そうですね」

ルーファス先生は私とヨルを見て、安心したように言ったのですが……その周りにいたラナリアとアザレアは、ふっと姿を消してしまいました。

「ラナリア？　アザレア？　どうしたのですか？」

不思議そうにルーファス先生は、精霊さんに呼びかけていますが、二人とも戻ってきません。

ルーファス先生の魔力が動いているので、何か呼びかけのようなものをしているみたいなのです。

……ただ、傍目にはルーファス先生が悩んだ表情で動きを止めているだけなので、何をしているのか、よくわからないです。

◆　◇　◆

『何に怖がっているんだい？』

『闇の魔力の精霊です』

『嫌な魔力の精霊よ』

ラナリアとアザレアの二人から、念話を使って口々にヨルの精霊が怖いのだと告げられたルーファスは困り果てていた。

アルセイユにはもうユナの教師になると伝えてしまっているし、いまさらやっぱりさっきの返事はなかったことに、なんて言うのは失礼だ。

それにルーファスはユナの魔法も気になる。独学で学んだにしては威力が強く、精度も高い。

ルーファスがユナに魔法の使い方を教えれば、それをもっと高みへと成長させることができるだろう。それこそ、ルーファスなど比ではなくなるほどに。

ルーファスは精霊も魔法も愛しているからこそ、その機会を逃すのは心底もったいないと思ってしまい、失念していた。

ラナリアとアザレア。二人とも怖がるということは、その相手……ヨルが、二人よりもずっと格上の力を持つ存在だと言うことを。

『何こそこそ話してル』

独特の話し方をするその声は、ユナの腕にいるはずの闇の精霊の声だった。

精霊と契約者による結びつきで行っている念話に、他の精霊が入ってきたことにルーファスは驚く。

ちらりと様子を窺ったルーファスの視線を、ヨルは真正面から受け止めて見つめ返した。夜の闇のような色をするヨルの瞳に、ルーファスの肌は粟立っていく。

『オイラの契約者に余計なこと言うナ！』

日差しの暖かい昼間なのに、ヨルに睨まれているというだけで、ルーファスは光を感じることができなくなった。

ヨルは大人しくユナの腕の中にいるというのに、ルーファスの心はまるで、闇そのものに包まれているような、とてつもない不安に襲われる。

『精神世界は闇の精霊《オイラ》の領域ダ』

心臓が嫌な音を立てて、背筋に汗が流れ落ちる。

これが闇の精霊。これがラナリアとアザレアの感じる恐怖そのもの。

「不幸を呼ぶ」なんて曖昧な言葉では生温いほどの存在に、ルーファスは「敵わない」と思ってしまった。

圧倒的な存在感を前に、呼吸をすることすらも忘れてしまって……無意識のうちに死を受け入れて……

◆◇◆

「ヨル、何かしているのです？」

先ほどからルーファス先生の様子がおかしくなっています。

なぜかヨルの魔力も動いている気配がしたので、名前を呼んでみたのですが……その瞬間、ルーファス先生はぐったりと地面に座り込んでしまいます。

先ほどの雨がまだ地面に残っているせいで、ルーファス先生のせっかく乾いた衣服が、また泥水で汚れてしまいました。

「……別ニ。何もしてなイ」

ヨルは誤魔化そうとしますが、何もしていないならルーファス先生がヨルを見て、怯えたような表情をしているのはおかしいです。

「魔力が漏れ出ていましたの。ルーファス先生の顔色も悪いですの。嘘をついたらダメなのです」

「……ッ！　アイツらが悪イ。こそこそオイラの悪口言ってタ！　オイラのことを怖いって言っタ！」

「悪口を言われても、攻撃したらダメですの！」

　どうやらヨルは、悪口のように聞こえる何かを聞いてしまい、それに腹を立てているみたいです。

「重ね重ね申し訳ないですの」

「……い、え。今のは私達が悪いです」

　私が謝罪のために一歩踏み出した瞬間、ルーファス先生は大袈裟なほどに体を跳ね上げました。

　ルーファス先生の視線の先は、私の腕の中のヨルです。

「ヨルも謝るのです！」

「………悪かっタ。とは思わないけド、ユナが怒るから謝ル」

「ユナ様、私と私の精霊が悪かったことは重々承知なのですが……正直に申しますと、私はヨル様との契約を破棄した方が良いかと思います」

　ヨルの渋々の謝罪を受け取ったルーファス先生は、青ざめた顔のまま、そんなことを言いました。

「ヨル様の闇魔法ですが、正直私には防げる気がしませんでした。もしもヨル様の力を制御できなければ……あるいは、ユナ様に向けられれば……」

「お前、黙レ」

睨みつけるヨルの視線に体を震わせて、それでもルーファス先生は言葉を続けます。

「恐れながら私は王国一の魔法使いと言われています。二人もの精霊との契約もしており、並みの魔法使いよりは腕が立ちます。……しかし、そんな私でもヨル様には敵わないと思ってしまいました。今はヨル様がユナ様に懐いているようでも、いつの日かユナ様の身が危険に晒《さら》されれば……恐らく、誰も止めることはできないと思います」

恐らく、ルーファス先生はヨルが私を裏切った時の悲惨な未来を危惧して、私を思って言ってくれているのでしょう。

けれど……

「私はルーファス先生と魔法を撃ち合ったら勝てないですの」

魔法で勝負をすれば、私はルーファス先生に勝てないでしょう。剣で勝負をすればノルディア様にも勝てません。

けれど、私はルーファス先生もノルディア様も、怖いと思ったことはありません。それはきっと、二人とも私のことを傷つけないと信じているからです。

「今回はヨルを止められなかった私の責任ですの。よく言い聞かせます。ですが、力が強くて怖いと言うのなら、私もルーファス先生が怖くなってしまうのです」

ルーファス先生は僅かに視線を彷徨《さまよ》わせて、それから私の言葉の意味に気が付いたように、「あ……」と小さな声を発しました。

「私も……二属性の精霊と契約をする希有《けう》な存在として、畏怖の眼差しを向けられたことは少なくありません。嫌な思いをしてきたはずなのに、それも忘れてヨル様にも同じことをしてしまいました」

「精霊だからと言って、心が傷つかない訳ではないのです」

「そう、ですね。ユナ様の仰る通りです。私が間違っていました。……いえ、初めから謝る相手も間違えていました。ヨル様、申し訳ないです」

ルーファス先生の謝罪に、ヨルは「フン」と顔を背けました。

「それに……ヨルと契約をした私の選択が間違っていたら、助けると言ってくれた人もいるのです。ヨルと契約している限り、その人に気にしてもらえるなんて役得ですの！」

すっかりヨルに嫌われてしまって、一目でわかるほど肩を落として落ち込んでいるルーファス先生ですが……私がそう言った途端、なぜかぽかんと口を開いて固まってしまいました。

ノルディア様は約束を違える人ではないので、きっとヨルと私が契約をし続ける限り、ヨルが私を裏切ろうとすれば、ヨルを止めるために力を貸してくれるでしょう。

「なのでできればヨルと一緒にいたいですが、ノルディア様が約束通りに助けてくれるのも捨てがたいので、ヨルが私と対立をしてもいいのです！」

もしもヨルが私と対立するなら、ノルディア様が味方になってくれます。そうすれば、ノルディア様の格好良いシーンを見ることができます。

普段のノルディア様も格好良いのですが、剣を持ったノルディア様は一味違うので、格好良さが倍増すると言いますか……

ヨルが私と対立しなくても、ずっとノルディア様に気にし続けてもらえるなんて、どっちに転んでもご褒美です！

「……はい？」

「やっぱリ、こいつちょっとおかしいよナ？　オイラの気のせいじゃないよナ？」

私の様子を見ていたルーファス先生とヨルが、仲違いしていたはずなのに、なぜか頷き合っています⁉

◆　◇　◆

「ヨル、今日やったのはいけないことですの」

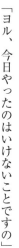

部屋に戻ったユナがオイラに言う。いつもは腕に抱いているのに、今はベッドの上に下ろされてしまった。

それもこれも、ルーファス《あのおとこ》のせいだ。

「だっテ」

「だってじゃないですの」

「でモ！」

「でも、もダメですの！」

「アイツラ、オイラのこと怖いって言っタ！」

「ダメなものはダメですの！」

いけないことをしたのは、オイラだって自覚している。

ユナが「ヨルの行為は自分の責任だ」と言った時に、自分が我慢をしていれば、ユナに謝らせることもしなくて済んだのにと後悔だってしてした。

けれど、オイラの心の脆《もろ》い部分に突き刺さった言葉が、今もなお感情をかき乱して素直に謝ることをさせてくれない。しばらくオイラを見つめていたユナだったが、オイラに謝る気がないのを悟ると「はぁ」とため息を吐いた。

そっぽを向いていたオイラは、その音にビクリと顔を向ける。

「……怒っタ？」

「怒ってないですの」

そろりとオイラが近付けば、ユナの手が伸びてくる。小さな手が、オイラの頭をふわりと撫でた。

「確かに。誰にだって言われて嫌なことはありますの。ですが、無闇に力で解決しようとすれば、ヨルが悪者にされるだけですの」

ふわり、ふわり。撫でられるたびに、ささくれ立っていた心が凪いでいく。

「……次からハ、気を付けル」

「良い子ですの」

「ユナも言われて嫌なことあル？」

「もちろんですの」

「言われたラ、どうしてル？」

尋ねたのは、次にルーファス《あのおとこ》とその精霊達に会った時に、また何かを言われたら真似をしようと思ったからだった。

言い負かすのか、好き勝手に言わせておくのか。どちらにせよ、ユナと同じようにすれば間違いないだろう。そんな軽い気持ちでオイラはユナに問いかけた。

「……そうですの。私がお手本を見せれば良いですの！　善は急げですの！　ヨル、早速行くのです！」

突如立ち上がったユナに、オイラは「……行ク？」と首を傾げる。どこかへ行かなくても、ここで教えてくれれば……という言葉は、ユナの腕に抱えられたことで、口に出すことすら叶わなかった。

次いで、ズルンと影に呑み込まれる感覚がする。

「……〈影移動《シャドウムーブ》〉してル⁉　まだ練習中なのニ！」

「実践あるのみですの！」

そんな言葉で連れていかれた先は、何やら見覚えのある建物だった。

「ノルディアの学校ダ」

「そうですの。全寮制になっているらしいので、ノルディア様は夜もここにいるのです」

「入って良いのカ？」

「バレなければ良いのです」

鍵の締まった扉を再び〈影移動《シャドウムーブ》〉で通り抜けたユナは、ずんずん学校の中を進んでいく。迷う様子もなく何度か廊下を曲がって、辿り着いた先にある部屋に、再び〈影移動《シャドウムーブ》〉で侵入をした。

追って部屋に入ったオイラが目にしたのは、物の少ない殺風景な部屋だった。使い込まれていそうな剣が二本と木刀が一本、壁に立てかけるように置いてある。

小さな部屋の大半を占めるベッドには、半ば予想をしていた人物が眠りについていた。

「……なんデ、ノルディアの部屋を知ってル？　マサカ、オイラみたいに魔法付きのものを持たせてル？」

「ノルディア様の寝顔ですの……ゲームの中でノルディア様の睡眠シーンはなかったのですが、想像通り……いえ、予想の何倍も可愛いですの……」

問いかけを無視したユナは、ノルディアを起こさないよう小さな声で悶《もだ》えながら、〈映像保存《ピクチャー》〉というオイラの知らない魔法を連発していた。

「眼福ですの……お家に帰ったら見返して、生涯大事にしますの……うう、シーツの中も見たいですの……！」

「……ユナッテ、バカだよナァ」

呆れ果てたオイラは、今まさにユナがシーツをめくり上げようとしているノルディアのベッドにピョンと飛び乗った。

「……う、ん？」

その瞬間、ベッドが僅かに揺れ、眠っていたはずのノルディアがごそりと身動《みじろ》ぎをした。ユナとオイラは同時にギクリと身を固める。

「……こっそり戻ってくるのです」

「ウ、ウン」

できるだけ静かにユナの元へ戻ろうと、オイラが片足を動かした途端、ノルディアの体が勢いよく起き上がった。

びっくりして固まってしまったオイラの頭を、ノルディアの左手が鷲掴《わしづか》みしようとする。もう片方の右手は腰の辺りを探っていて、無意識で剣を取ろうとしている。

「〈影移動〉《シャドウムーブ》ですの！」

「……ラァ‼」

ノルディアの左手に頭を握り潰される直前、なんとかユナと一緒に逃げ出した。影の中に逃げ込んだ後に聞こえてきた声は明らかに殺意に満ちていて。オイラは悲鳴を上げかけて、必死に口を押さえた。

「ノ、ノルディア様の気配察知を見くびっていましたの……」

「バカバカバカ！　オイラすごい怖かっタ！」

ノルディアの部屋から離れた廊下にへたり込んだオイラは、ユナに向かって声を抑えながらも抗議をする。……といっても、「さすがノルディア様ですの」と呟くユナに、どれだけ届いているかはわからないけれど。

「……あれ、今日は野営じゃなかったか？　にしては何かいた気ィしたんだけどな。……魔物じゃねェなら良いか」

二人が逃げ去った後、寝ぼけながら辺りを見渡したノルディアは、勘違いでもしたかと再びシーツの中へと戻る。ふわりと一瞬、花の香りがした気がするが、恐らくそれも気のせいだろうなんて思って。

◆◇◆

「もう良いヨ。オイラ自分で考えル。帰ろうヨ」

「何を言っているのです？　これからが本番ですの！」

ユナにとってはノルディアの部屋に侵入することはついでだったようだが、「さあ、行くのです！」と抱えられたオイラは、もうずいぶんと疲れ果てていた。

ぐったりとユナの腕の中で身を委《ゆだ》ねるのは、きっと何を言っても結果は変わらないという諦めが大半である。

「目的地到着ですの！」

そうしてオイラが連れていかれた先にあったのは、先ほど酷い目にあったノルディアの部屋……に似ながらも、そこよりも少し豪華に感じる扉の前だった。

「ここハ？」

「高位の爵位を持つ騎士見習いの方の部屋で……ノルディア様に対して魔力なしの無能など、私の最も許せないことを言ってくれた方のいるところですの」

「ヒッ」と、先ほどはなんとか我慢した悲鳴を漏らす。

人があまりにも怒っている時に笑顔になることや、にっこりと笑った顔が時と場合によっては恐怖を感じさせるということを、オイラはその時に知った。……知りたくもなかったけれど。

「価値観が違うことは仕方ないですの。でもノルディア様に直接言う必要はどこにもないのです。魔法を使ってもノルディア様に勝てないくせに、ノルディア様を侮辱するなんて百年早いですの」

「デ、デモ、力で解決はダメ。どうするル？」

「そんなこと言っていないですの」

「言ってタ……」

「ヨル、私は無闇に力で解決するのはダメと言ったのです。攻撃をしたと知られなければ良いですの」

そう告げたユナは、闇の精霊であるオイラよりも余程闇を纏《まと》っているように見えた。

「うふふふふ、最悪の夢を見せてあげるのです」

言ってしまえば屁理屈のようなもので。「そんな馬鹿な」と信じられないものを見る目をしたオイラの前で、ユナは本当に魔法を使い、ベッドに寝ていた名前も知らない青年を悪夢へと突き落とした。

見る見るうちに青年の顔が青ざめていく。どんな夢を見ているのか。青年の呼吸は乱れて、しまいに青年は胸を押さえるほどに苦しんでいた。

「どんな夢見てル？」

「ノルディア様を馬鹿にした結果、卒業試験でノルディア様に敗れて騎士になる夢を叶えられず、冒険者になったら魔法が使えなくなって、一番大切だと思う方を危険に晒《さら》してしまう夢ですの」

眠りから覚めないまま呻《うめ》く青年の苦しげな声をＢＧＭに、ユナは「またノルディア様に酷いことを言ったら同じことをしますの」と、当たり前のようにえげつないことを言った。

「終わっタ？　ナラ……」

「ノルディア様を侮辱した方は残り二十三名ですの！　ノルディア様に渡したピアスを通して、一人残らず把握していますの」

「帰ろウ」と言おうとしていたオイラは、ユナの言葉を聞いて、瞳から光を消してしまったと思う。

「オイラ、多分ユナより怖くないと思ウ」

帰り道、オイラはいつもの猫型ではなく、大きな犬の姿になってそう言った。

本当に二十四人もの人間を悪夢に叩き落としたユナは、すっかり魔力を使い切ってしまって、〈影移動《シャドウムーブ》〉を使用することができなかったのだ。

月明かりが照らす夜道を、オイラはユナを背中に乗せて歩いていた。

疲れているのか、クテンと力を抜いてオイラの背中に寝そべるユナは、「そうですの？」なんて、まるで他人事のような返事をした。

「私、大きいワンコに乗るのが夢でしたの」

「良かったナ」

「鳥になった時は、背中に乗って空を飛んでみたいですの」

「風魔法で飛べるのニ？」

「憧れだから良いですの」

「ふぁ」とユナが欠伸《あくび》をする。

「そんなに怖いと言われることが嫌ですの？」

「……嫌だヨ」

「そうですの」と、ユナは眠たげな声で返して、そのまま返事をしなくなった。耳をすませば小さな寝息が聞こえてくる。背中の重みが増したことに気が付き、オイラは歩く速度を緩めた。

家に着くのは遅れるだろうが、眠ってしまったユナをどこかで落とすよりはマシだろう。

しばらく歩いて、ユナが起きないことを確認したオイラは、夜風に紛れて消えてしまいそうな小さな声で呟いた。

「だってテ、闇の精霊のオイラと契約してくれる変人なんテ、ユナ以外にきっといなイ。オイラ、ユナに捨てられたくなイ」

安心しきった様子ですやすやと眠るユナには、恥ずかしいから言わないけれど。代わりに明日の朝がきて、ユナが起きたら絶対に伝えてやるのだ。

「……オイラ、ユナが常識なんテ、教えたらダメだと思ウ」

嫌なことを言われた時の常識的な対処法は、ノルディア……もあまり信用はできなさそうなので、ルーファスにでも尋ねようと心に決める。

アイツに聞かないといけないのは少し癪《しゃく》だが、契約者が常識とは真逆のどこかにすっ飛んでいるようなのだから、仕方のないことだろう。

「適材適所だよナ」

呟いたオイラの心はもう、ささくれ立ってはいなかった。

◆　◇　◆

「今日ルーファス来ル？」

着替えをしている私に、そっぽを向いたヨルが嫌そうな声で聞いてきます。

今日、ルーファス先生がやってくる予定を知っているくせに聞いてくるのは、この前のやり取りをいまだに引きずっているみたいです。

「来ますの。会いたくなかったら部屋で待っていても良いですの」

「うへぇ」とわかりやすく嫌な顔をしたヨルは、それでも「行ク」と言ってくれました。

「アイツに会いたくないけド、オイラはユナの精霊だからラ、付いていってやル。ユナのためだからナ！」

「ありがとうですの」

動きやすいワンピースに着替え終わってヨルを抱えれば、準備はバッチリです。

間違えて魔法で屋敷を壊さないよう、ルーファス先生とは今日も中庭で会うことになっています。約束の時間より少し早いですが、待たせるよりは良いでしょう。


……と思っていたのに、私が中庭に着いた時には、すでにルーファス先生が中庭で待っていました。一応は庭にもベンチがあるのですが、立ったまま待っている姿に早足で向かいます。

「こんにちは。ユナ様、ヨル様」

「こんにちは、ルーファス先生。ずいぶん早いですの」

フワフワとルーファス先生の周りを漂っていた赤と青の光は、私……と恐らくヨルに反応をして、あっという間に姿を消してしまいます。逃げるようなその態度に、ヨルはわかりやすく不機嫌な顔になりました。

「……フン！」

怒ったように鼻を鳴らして、けれどヨルは、この前の様に激昂はしませんでした。

「この間は失礼なことをしてしまったので、お待たせしないよう早めに来ました。……ただ、どうしてもヨル様の魔力に気圧されてしまうようで、申し訳ありません」

申し訳ないと困り顔をするルーファス先生に、ヨルは「オイラはユナと違ってテ、我慢できるからいいヨ」と答えますが、私と違ってというのはどういう意味ですか？

「私は滅多に怒らないですの」
「ノルディアが絡むト、すぐ怒ル」
「ノルディア様に会いたいですの」
「……ノルディアが絡むト、話も聞かなくなル」
「…………ふふ。あ、失礼しました。ずいぶん仲が良いのですね」

ルーファス先生が突然笑い出したのでそちらを見れば、「思わず」といった表情で口に手を当てて謝っています。

ずっと顔の強ばっていたルーファス先生が笑えば、途端に雰囲気が柔らかくなります。

「別ニ、そんなこと言ってモ、オイラの機嫌は直らないからナ！」

そう言いながらも、ヨルの尻尾がゆらりと揺れているので、これは結構ご機嫌になっていますね。

「いいえ、そんな訳では。けれどその様子ならきっと大丈夫でしょう。ユナ様、ヨル様に魔力を渡す時、どのように行っていますか？」

「魔力ですの？　こう、手に魔力を集めて渡していますの」

「なるほど。ではそれとは異なる方法もお伝えいたします。ヨル様の存在を意識して、魔力を伸ばして繋がるようなイメージはできますか？　ヨル様とは契約で繋がっているはずなので、コツを掴めば簡単にできるはずです」

ヨルと繋がる、ですか？

疑問に思いながらも試してみれば、確かにヨルとの間に魔力の通り道のようなものがある気がします。

「その繋がりに、魔力を流してみてください」

私の感覚を一緒に感じているかのようなタイミングの良さで、ルーファス先生が声を掛けてくれます。その指示に従って魔力を流していけば、ヨルと「繋がった」気がしました。

「離れた場所にいる時や、精霊の契約者であることを隠したい時などは、このやり方でヨル様に魔力を渡す方が良いと思います」

ヨルと繋がった世界は暗い場所もよく見える気がしますの。

ルーファス先生の言葉に頷きながらヨルを見れば、ヨルもまた私を見つめていました。

「ヨルが見ている風景は、私の視界より眩しいですの。闇の精霊だからですの？」

「オイラ、この後の言葉わかるヨ。ノルディアって言ウ」

「すごいですの！　この状態なら、月明かりのない夜でもノルディア様の姿がくっきり見えるのです！」

「やっぱり……。オイラはユナと繋がってから、ノルディアに会いたくなってル。絶対おかしイ……」

　そう言うのなら魔力の繋がりを断てば良いのに、ヨルは文句を言いつつもそのままにしています。

「私もラナリアと繋がっている時は寒さに強く、アザレアと繋がっている時は暑さに強くなります。それと、繋がっている時にもう一つできることがありますよ。ヨル様はわかりますか？」

「……念話ができル？」

「その通りです。これはヨル様の方から試してもらった方がわかりやすいかと」

『ユナ、聞こえル？』

　置いてけぼりで進む話についていけずにいれば、不意にヨルの声が聞こえます？　……いえ、普段から声は聞こえるのですが、少し違う……頭に直接響くような感じです。

「ユナ様。今の声が念話というもので、契約をしているヨル様となら、声を出さずとも話すことができます。ユナ様から繋げることはできますか？　頭の中で強く思うようなイメージがやりやすいかと思います」

ルーファス先生にコツを教えてもらいながら、『ヨル？』と呼んでみました。すぐに『聞こえてるヨ、ユナ』と返事があり、成功していることがわかりました。

「大丈夫そうですね。さすがはユナ様とヨル様です」

ルーファス先生がふわりと笑って褒めてくれますが、私とヨルがすごいのではなく、ルーファス先生の教え方が上手すぎるのです！

「ルーファス先生は教え方が上手ですの！　すごくわかりやすいのです！」

「ユナ様とヨル様の筋が良いだけです」

ルーファス先生は謙遜《けんそん》しますが、絶対にそんなことはありません。

「ルーファス先生に教えてもらえて良かったのです！」

「……そう言ってもらえて私も嬉しいです。では乗せられて、もう一つ違うことも教えましょう」

「お世辞じゃないですの！」

緊張がなくなって、柔らかく笑ってくれるようになったルーファス先生は、優しい雰囲気が少しお母様に似ています。

　少し真面目なところがあるけれど優しい先生で、薄紫色の長髪。

　やっぱりルーファス先生を、どこかで見たことがある気がするのですが……

「ユナ様の得意な魔法で、鎖を作ってみてください」

　考えていましたが答えは出てこないので、一旦中止です！

「はいですの！　氷魔法〈氷の鎖《アイスチェイン》〉」

　言われるままに深く考えず、魔法で氷の鎖を作ります。でき上がった鎖をルーファス先生がまじまじと見つめて。

「ユナ様は繊細な魔法を使われるのですね。ここまで丁寧にコントロールをできる人はなかなかいませんよ」

　と、褒めてくれました。言われてから私の出した氷の鎖を見れば、確かに輪の部分が小さく細く、繊細と言えば聞こえは良いですが、すぐに千切れてしまいそうな鎖です。

「同じ呪文でも、術者のイメージで魔法の形は変わります。わかりやすく説明すると……いえ、見ていただいた方が早いですね。火魔法〈炎の鎖《ファイアチェイン》〉、水魔法〈水の鎖《ウォーターチェイン》〉」

　ルーファス先生が呪文を唱えると、炎の鎖と水の鎖が一瞬ででき上がります。……けれど、その二本は明らかに形が異なっています。

「ふふ、わかりますか？　水魔法はラナリアに、火魔法はアザレアにイメージしてもらいました。どちらも個性的でしょう」

ルーファス先生が「個性的」と評した鎖は……どう見ても鎖ではないです！

「水魔法〈水の鎖《ウォーターチェイン》〉」という呪文で生み出された魔法は、棘《とげ》のあるバラの茎のような形をしていて、思わず見惚れてしまうほどに美しいです。

逆に「火魔法〈炎の鎖《ファイアチェイン》〉」という呪文で生み出された魔法は、轟々《ごうごう》と燃えながらうねる巨大な蛇のような造形で、遠目からでも感じるほどの力強さを感じます。

……ただ、そのどちらにも鎖の特徴はなく、これを個性的な鎖と表現するルーファス先生の懐は広すぎます。

しかし、ルーファス先生が教えようとしてくれたことはわかりました。

「氷魔法〈氷の鎖《アイスチェイン》〉、闇魔法〈闇の鎖《ダークチェイン》〉」

再び同じ魔法を使用して作り出した氷の鎖は、先ほどよりも大きく太く、そして同時に使った闇魔法を纏《まと》わせることで強度を上げた自信作です。これなら力の強い魔物を相手にしても、簡単には千切れません！

「ルーファス先生が伝えたかったことは、魔法は使用者のイメージ次第で形が変わる、ですの？」

「はい、その通りです」

「面白いですの！」

「そうでしょう。魔法は何よりも自由な力です。ユナ様の心が縛られない限り、どんなものにもなり、どこへだって連れていってくれます」

ルーファス先生はそう言ってから、手の平をくるりと回すような仕草をして、水の鎖と炎の鎖をぶつけて相殺します。「ジュッ」と音がして炎が消え、蒸発しきれなかった水滴がキラキラと光を反射させて。

「綺麗ですの」

思わず呟けば、ルーファス先生は一瞬呆《ほう》けて、それから大きく頷いてくれました。

「……そうですね。魔法は綺麗で美しいものです。ユナ様が魔法を好きであり続け、そしてその力を正しく使えるよう私は願っています」

にっこりと笑う聖母のごとき優しい笑顔は、『君紡《きみつむ》』のパッケージに描かれていた攻略対象の顔にそっくりで。ルーファス先生が攻略対象の一人だと、いまさら気が付きました。

「……ホワイトリーフ公爵。私をユナ様の教師とした本当の理由はなんでしょう」

「……言っている意味がわからないな」

ユナと別れたルーファスは、そのまま門を抜けることはせずにアルセイユの元までやってきていた。

断られるかと思った突然の訪問は、ルーファスが驚くほど呆気なく通された。

「最近、隣国との嫌な噂が多いですね。近々戦争にでもなるだろうと。……ユナ様と精霊を戦争に勝つための戦力にするおつもりでしょうか？」

「そうだと言えば、何か問題があるか？」

ルーファスを部屋に入れておきながら、アルセイユは執務用の机に座ったまま、手に持った書類から頭を上げようともしない。

ルーファスの声が苛立ちを含んだものへ変わっても、その姿勢は崩れなかった。

「失礼を承知で言わせていただきますが……あなた達貴族は自分の子供を……精霊を、なんだと思っているのでしょうか」

二人もの精霊と契約をしているルーファスの存在は異端だ。

争いのない平常時は、恐ろしい化け物のようだと言う声が聞こえてくるのに、いざ戦争にでもなれば、頼りにしていると手の平を返される。

どこまでも純粋に、簡単に人の命も奪ってしまう魔法に対して「綺麗」と目を輝かせる、まだ小さな子供のユナを、ルーファスは自分と同じ目に遭わせたくなかった。

「……あの子の魔法はすごいだろう」

「ええ。魔力量も技量も、普通の魔法使いを遥かに上回っています」

「国に危機が迫った時に、盾となるのは貴族の役目だ。私達はそのために上に立たせてもらっている。それは子供だろうが同じだ。その時がきて使えると判断できるなら私は使う」

その言葉にルーファスは歯軋《はぎし》りをした。隣国との関係は、持って数年だろう。硬直状態が多少長引いたとしても、きっとユナの年は十歳にもならない。

子供を使い潰す気か……

「……と、子を持つ前の私なら思ったかもしれない」

……そう思ったルーファスだったが、口調を変えたアルセイユの続く言葉に、一瞬思考が止まった。

アルセイユはやっと書類から顔を上げて、呆気に取られたようなルーファスの表情に、小さく口の端を上げた。

「ユナを国のために使うつもりなら、初めから精霊の契約者が出たと国に報告を上げよう。闇の精霊の不運など絵空事《えそらごと》だ」

「ならなぜ……」

「私の娘は可愛いだろう」

「……は?」

「君は優しいから。ユナと引き合わせれば、ほだされてくれると思った」

「どういう意味でしょう?」

「ユナは戦争が始まってしまえば、自らそこへ行く。私が言ってもきっとあの子は止まらない。ならば一番信用できる君を味方にしておこうと思っただけだ」

アルセイユの言葉に、ルーファスは瞳を瞬かせる。

「ユナは私の手腕では抑えきれないから、一つよろしく頼むよ」

自分にも他人にも厳しい、国を支える要の公爵閣下が、まさか苦労人のように見えるだなんて。

「目論見《もくろみ》通り、万が一の時は私も動かせていただきます。……戦争にならないのが一番ですけれど」

「苦労をかけるが頼む。……ああ。あと、君はユーフォルビア王国の誇り高き盾だ。不《ぶ》躾《しつけ》なことをされた時は、私の名前でも出して解決しなさい」

立ち上がったアルセイユに「ポン」と肩を軽く叩かれて。結局、ルーファスは最初から最後まで、アルセイユの手の平の上で転がされていただけだったのかもしれない。

第四章　攻略対象その五は渡さないのです

「嘘ですの……」

呟く自分の声が、どこか遠くから聞こえてきます。

まさか……いえ、その可能性はあるかもしれないと、常々思ってはいたのです。

ですが本当にその光景を目の当たりにすれば、思っていた以上にショックでした。

今日は魔法の授業はなく、勉強も早く終わったので久しぶりにお家を抜け出してノルディア様に会いに来ました。

騎士学校を訪ねてみれば、ノルディア様は出かけていていないと言われてしまい、ガッカリしながら帰ろうとして……

「ウワッ！　ユナ、何するんだヨ！　……アレ、ノルディアがいるナ」

帰り道、偶然見かけたノルディア様の横に、親しげな女の人がいるのを見てしまいました。

あまりのショックに腕の力が抜けてしまい、ヨルを落としてしまいました。

ヒラリと宙で身をひねって着地をしたヨルが、私の視線の先に気付いて声を上げます。

「女と一緒ダ！　ノルディアの彼女カ？　……ヒッ！　ユナ、冗談！　冗談だからラ！」

まさか……いえ、ノルディア様はこの世で一番素敵で格好良いお方なので、心を掴まれる方の一人や二人……数十人までは覚悟していましたけれど！

けれど、実際にノルディア様の隣に、親しげな女の人がいるのを目の当たりにするのは……精神的に追い詰められます！

しかもその女の方は、ノルディア様よりも年上の女性で。暗めの肌色に、風に靡《なび》く真っすぐな黒髪。異国の雰囲気の漂う衣服を身に纏《まと》う、長い手足が綺麗なセクシー系お姉様です！

手も足もちみっこい私と、まるっきり正反対です‼

「まだ恋人っテ、決まってなイ！　消したらダメ！　オイラ、そんな理由デ、人殺しになりたくなイ‼」

ヨルが何を勘違いしたのか、騒いでいますが……今は返事をする元気もありません。

ガクリと膝をついた私に、ヨルが「アレ？　あのヒト、消さないのカ？」と聞いてきますが、そんなことをする訳がないのです……

「ノルディア様に嫌われたら……生きていけないですの……」

「……アア。ナルホド」

「ううう……でも二人がどんな関係なのか、気になるのです……！」

「エー。じゃア、どうすル？」

「後を追いますの！」

……と、ノルディア様の後を尾《つ》けることを決めたのですが……ノルディア様の隣にいる女性は、明らかにノルディア様と親しげな様子です！

「ノルディアよぉ、最近ダンジョンの攻略に力を入れてるらしいな」

「あー……まぁな。いざって時に守れるように、強くなりてェからな」

「お、成長したな。剣さえあれば誰にも負けねェ……ってチーム組むのも嫌がってたあんたがねぇ……」

「……いつの話を蒸し返してんだよ」

「安心したよ。アタシがあんたを冒険者にしたけど、そのせいでいつかあんたは死ぬんじゃないかって思ってたからね」

「……心配かけて悪ィな。師匠」

「良いんだよ。で？　今日は久しぶりにチームアップの申請まで出してきて、どんな大物を狙うつもりだ？」

「あぁ、今回は……」

ノルディア様が何かを言いながら照れくさそうに笑って、女の人がノルディア様の頭を撫でくり回しています。

髪の毛をぐしゃぐしゃにされたノルディア様は、女の人の手を振り払いつつも、本気で嫌がっている様子はありません。

「やっぱり恋人ですの……？　ノルディア様は年上の方が好きですの……？」

「話しかけテ、聞いてみれバ？」

「聞いて恋人って言われたらどうするのです⁉」

「知らないヨ……」

ノルディア様に見つからないように、遥か後方から魔法を使って様子を窺う私のことを、ヨルがものすごく馬鹿にした目で見てきます。

ノルディア様と女の人は、そのまま街の外へと向かっていって……

「そこの君、子供が一人で外に出たら危ないっす！」

その後を何も考えずに尾《つ》いていった私はもちろん、姿を変える魔法も何もかけておらず、街の入り口を守る門番さんに捕まってしまいました。

「あー！　ノルディア様を見失ってしまうのです！」

「ちょっと、君、暴れないでほしいっす⁉」

「私は冒険者ギルドの登録者ですの！　街の外に出る権利があるのです！」

「え、本当っすか？」

「ユーナの名前で登録しているのです！」

「……ええ、こんなに小さいのにっすか？　ちょっと魔力検査させてもらうっす。……あ、本当に登録されてるっすね。失礼しました！」

口調は軽いけれどしっかりと仕事をしている門番さんとのやり取りを経て、やっとの思いで門を抜ければ、すでにノルディア様の姿はどこにもありません。

外にはいくつも枝分かれして延びる道と、遠くへ出かける人用の何台かの馬車が待機していて、ノルディア様がどこに向かったのかわからないです。

「……見失ったのです！」

「もう諦めようヨ」

「嫌ですの！　ノルディア様にプレゼントしたピアスに私の魔力が入っているのです！　それを感知して追いかけますの！」

「えェ……」とヨルは言いつつも、体の形を猫から大きな鳥の姿へと変化させてくれました。

　門の近くで出かける準備をしていたらしい他の冒険者から、「なんだ⁉」という騒《ざわ》めきが聞こえますが、襲う訳ではないので気にしないでください。

「どっちの方向に行ク？」

「左手方向、全速前進ですの‼」

　ヨルの背中によじ登って方向を指させば、ヨルがばさりと翼を広げて飛び立ってくれます。騒《ざわ》めきが一層大きくなりましたが、すぐに収まるでしょう。

「ヨルの背中に乗って空を飛ぶと、自分で飛ぶより気持ち良いですの」

「一緒じゃなイ？」

「魔力コントロールに集中しないでいいので、風景を見る余裕があるのです」

　ヨルの大きな翼が、バッサバッサと音を立てるたびに景色が小さくなっていきます。速度はそれほど出していないので、風が心地いいです。

　ノルディア様のいる場所までそれほど離れていないので、すぐに追いつくはずです。

「……誰か！　誰か助けて！」

　……寄り道をしなければ。

「誰か！　誰かいないのか⁉　助けてくれ！」

ヨルの上から見下ろした地上には、大きな熊……ゴツゴツとした岩石を体に纏《まと》う熊（？）のような生き物に追いかけられる男の人がいました。

革の防具を着ている男性は冒険者でしょうか。すぐ後ろにまで迫る熊から、必死に逃げていますが、追いつかれるのは時間の問題です。

「ヨル、一旦降りるのです」

「ノルディアは良いノ？」

もちろん、ノルディア様を追いかける方が大事ですが……

「見捨てたりしたら、ノルディア様に顔向けできませんの」

……ノルディア様がこの場にいたら、絶対に助けを求める声に応えるでしょう。そんなノルディア様だからこそ、私は好きになったのですから。ノルディア様がそうするのなら、私もそれに倣《なら》うだけです。

「闇魔法〈影縛り《シャドウバインド》〉！」

高度を落としてくれたヨルの背中から飛び下りながら、魔法を放ちます。

まずは、冒険者の方に襲い掛かる熊の動きを止める闇魔法を。私の影から無数の黒い手が伸びていき、熊の体を掴んで地面に押し付けます。

これで逃げ出すようなら、そのまま逃がしても良いかと思ったのですが、熊は戦意を失うことなく牙を剥きだしにしながら私を睨みつけてきます。その背中から、鋭く尖った岩の一つが飛んできて、後から追いかけてきたヨルが黒い翼で弾いてくれました。

「ありがとうですの」

大きな岩が当たったにもかかわらず、ヨルの翼は傷一つついていません。お礼を告げるとヨルが喜ぶのは、頼られるのが嬉しいみたいです。

大抵の攻撃は防いでくれそうなヨルに、魔力量に任せた攻撃が得意な私がいれば、大きな体の熊相手にも負けることはなさそうですが……熊は力量差がわからないのか、〈影縛り《シャドウバインド》〉から抜け出そうと、まだ抵抗をしています。

「……オイラがやってモ、いいヨ？」

私のやろうとしていることを察して、ヨルがそう言ってくれますが、これは私が選んだことなので、私がやらないといけません。

ふるふると首を横に振って……

「氷魔法〈氷の槍《アイススピア》〉」

氷でできた大きな槍を作り出します。少し可哀想ですが、このまま熊を放ってしまえば、また別の人が襲われてしまうだけです。

影によって押さえつけられながらも、視線だけで殺そうとするかのように睨んでいた熊は、次の瞬間、〈氷の槍《アイススピア》〉に串刺しにされ……「ギャオ……?」と、恐らく人間の言葉で言う「なんだと?」といった様子の声を上げて息絶えました。

赤い血が地面に広がっていき。命を奪ってしまったことに対して、心臓の鼓動が速くなります。

けれど……

「すまない! 助かった! まさか本当に助けに来てくれるなんて!」

涙を浮かべながらお礼の言葉を告げるのは、熊に追いかけられていた男性です。私が助けるという選択肢を選ばなかったら、きっといつかは熊に追いつかれていたでしょう。

「本当に死んでしまったかと思った。君は命の恩人だ!」

震えながら涙を浮かべるその姿を見てしまえば、やっぱり助けて良かったのでしょう。

「いいえ! 気にしないでほしいのです!」

安心して男性に笑いかけました。大きな鳥の形になったヨルに乗って去ろうとする私に、助けた男性が慌てて声を掛けてきます。

「……って、ああ!! ロックグリズリー! 君の倒した魔物だ! 素材は……」

「要らないので、好きにしてもらって良いのです!」

「時間を取ってしまったのです！　早くノルディア様に追いつくのです！」

「……ナァ、なんで熊を渡しタ？」

「そんなの決まっていますの。熊なんて持っていったら、ノルディア様に追いつけなくなりますの！」

「だよナァ」

「その顔はなんですの？」

「さっきのヤツ、何か勘違いしてそうだっタ」

「どうでもいいですの！　今はノルディア様ですの！」

熊に襲われていた男性を助けて、次こそノルディア様のいる場所に向かいます！　全速前進！　と再び進路を指さした。

……のですが、近くの森の中から叫び声が聞こえてきて、ヨルの羽ばたきが止まります。器用に空中に留まりながら「……どうするル？」と尋ねられれば、答えは決まっているのです。

「助けますの。ノルディア様なら……そうするのです……」

ノルディア様はどんどん離れていきますが、仕方がありません！　全力の最速で助けて、ノルディア様の元へ向かいます！

「お母さん！　死なないで！　やだぁ！」

叫び声の元にいたのは、私より少しだけ年上に見える女の子と、その子のお母さんと思われる女性の二人でした。

森の地面に倒れこむ女性の顔色は真っ青になっていて。女の子が必死にその体を揺さぶっていますが、女性が起き上がる様子はありません。

原因は疲労か、病気か……。見ているだけではわかりません。

「どうしたのです？」

怖がらせないようにと、ヨルに猫の形になってもらってから声を掛けてみれば、女の子は勢いよく振り返って……

「たす、助けてぇ！」

「助けてあげるのです。だから落ち着いてほしいですの」

「ほんとうに？」

「もちろんですの」

「うわーーーん！」

助けてあげると言った途端、女の子は火のついたような勢いで泣き出してしまいました。

全力の最速で立ち去ろうと思っていましたが、時間が掛かりそうです。

「……早く落ち着いてほしいですの」

「ユナって本当ニ、ぶれないよナァ」

「こらヨル、話したら駄目ですの。精霊とばれたら面倒ですの」

「…………ニャア」

結局、泣いてしまった女の子をヨルと一緒に慰めて、ようやく話を聞くことができました。

「お母さんと、隣街に行こうとしていたの。お貴族様のあいじん？　にされそうだから、逃げていいて。馬車にも乗らせてもらえなくて。森の中を歩いたら、すぐに着けるって言ってたのに、お母さん、ずっと具合が悪そうで」

話すうちに涙が溜まっていく瞳に、少しだけ慌てます。もうここまできたら最後まで付き合うつもりですが、泣かれてしまうと話が進みません！

「お母さんが倒れている原因に、心当たりはあるのです？」

「……グス。わから、ない」

「うーん……。具合が悪そうだったのはいつからですの？」

「お家を出た時、三日前は元気だったの。けど、二日前からずっと頭が痛いって言ってた。お母さんが死んじゃったら、どうしよう……」

問いかければ頑張って答えようとしてくれるので、このまま涙の防止のために話してみましたが……聞く限り、疲労による限界な気がしてなりません。特に外傷も見当たりませんし、どうにかなる気がします。

「本当は魔法で疲労回復をするのは、あまりおすすめしないのですが……そうも言っていられない状況ですの。光魔法〈回復《ヒール》〉」

光魔法を使った途端、ヨルが嫌そうに顔を顰《しか》めますが、ちょっとだけ我慢してほしいです。

「う……ん……」

女性の真っ青だった顔色は、〈回復《ヒール》〉で少しずつ良くなってきました。このまま安静にしていれば、すぐに目を覚ますでしょう。

「このまま置いていってしまうとまた同じことになりそうなので、隣街まで送っていくのです」

とは言っても、今いる場所は森の中です。さっきみたいに動物に襲われることもありますので、置いていってしまうと危ないでしょう。

「闇魔法〈影移動《シャドウムーブ》〉」

すっかり慣れた〈影移動《シャドウムーブ》〉で、近くにある街まで移動をすれば、女の子は突然変わった景色にキョロキョロと辺りを見渡しました。

「門番の方を呼んでくるのです。待っててほしいですの」

状況の説明をした方が良いかとも思いましたが……どんどん時間が過ぎてしまうので、まあ省いても良いでしょう。

王都よりは小さな外壁に近付いて、門番をしている人に「女性と子供が倒れているのです」と伝えれば、疑わずに向かってくれました。一応物陰から窺ってみましたが、門番の方は女性を抱えて、街の中に運ぼうとしてくれていたので、もう大丈夫そうです。

「これで一件落着ですの！　次こそノルディア様の元に向かうのです！」

「よし！」と頷いて、女の子の元には戻らずに立ち去ることを決めました。

助けを求める声の元へ向かったら、隣街まで行くことになるとは思いませんでした！

次こそ！　本当に次こそ、ノルディア様の元へ向かいます！

「ノルディア様はまだ動いてないですの‼」

「フンフン！」と鼻息荒く方角を指さすだけで、鳥の形に戻ったヨルが進んでくれます。

すごく楽です。後はもう、ノルディア様のところへ一直線に向かうだけ。

「……ユナァ。アイアンビーの群れガ、さっきの街に向かってル」

そう思っていたところに、ヨルの言葉です。

ヨルの目線を辿れば、眼下の風景……森の一角が、ザワザワと揺れています。

「どうすル？」と言うヨルの問いかけに、プッチンと切れてしまい、そのまま答えずに飛び下りてしまいました。

「ノルディア様を追いかける邪魔ばっかり……もううんざりですの!!」

我慢の限界を迎えた私は叫びました。

目標は森の中を飛び回る巨大蜂……アイアンビーの背後です！

「風魔法〈飛行《フライ》〉！　氷魔法〈氷の壁《アイスウォール》〉！」

落ちながら風魔法で体を浮かび上がらせ、アイアンビーの進行方向に巨大な氷の壁を作ります。

本来、〈氷の壁《アイスウォール》〉は人の背丈ほどの壁を数メートル作るような魔法ですが……ルーファス先生も言っていました。

「魔法で大切なのは想像力ですの！」

魔力の煌《きら》めきと共に天高く、十数メートルにわたって氷の壁がそびえ立ちます。

群れの先頭を飛んでいたアイアンビーが、壁に激突して地面に落ちました。……ただ、その数は思っていたよりも少ないですね。

先頭の数匹以外は、突然現れた壁に驚きつつも、咄嗟《とっさ》に進路を変えて衝突を回避しています。

「ギャアアアア！」

突然の仲間の死に、アイアンビーが叫び声を上げて辺りを見渡し、地面に下りて様子を窺っていた私に気付きました。

ブブブとアイアンビーの羽ばたきが、威嚇《いかく》をするように大きくなりますが、知ったこっちゃありません！

「私、少し怒ってますの。ノルディア様を追いかけているのに、邪魔ばっかりされて」

言ってしまえば八つ当たりのようなものですが、このまま進まれてしまうと、行きつく先は先ほど女の子を送り届けたばかりの街です。ここで止まってもらわないと困ってしまいます。

「闇魔法〈闇の槍《ダークランス》〉ですの！」

呪文を唱えながら、イメージを固めます。普段の槍《ランス》の魔法とは違う、飛んでいるアイアンビー全てに攻撃を浴びせられる、大量の槍《ランス》が現れるイメージで魔力を使えば完成です！

「ギャアアアア！　ギャアアアアア！　ギャ……？」

硬そうな牙を「カチカチ」と動かしながら声を上げていたアイアンビーが、突如空中に出現した大量の〈闇の槍《ダーククランス》〉に、一瞬体の動きを止めて……

「ギャアアアアア!!」

一目散に逃げるような動作で、背中を向けて飛び立ちました!?

鳴き声はさっきと同じものなのに、悲壮感が漂ってる気がします。

「逃がさないですの！　氷魔法〈氷の壁《アイスウォール》〉！　もう一回、氷魔法〈氷の壁《アイスウォール》〉ですの！」

咄嗟《とっさ》に追加で二枚の氷の壁を作り上げ、三角形の氷壁にして、アイアンビーを囲みました。

「ウワァ……」

空の上にいるヨルの声が聞こえて、ふと氷の壁に当たらなかったか心配になりますが、多分大丈夫でしょう。ヨルはしっかりしているので、恐らく避けています！

それよりも今は時間との勝負です！

こんなことに時間を取られて……万が一……万が一……！

「ノルディア様があの女の人とイチャイチャしてたら……どうしてくれるのです!!」

◆
◇
◆

……余談ではあるが、この世界の魔物には自我がある。

と言っても、ごく稀《まれ》に生まれる一部の強者以外の自我は、人と比べてうっすらとしたものではあるが。

それはユナと対峙するアイアンビーも、例外ではなかった。

アイアンビーの群れは、数日前から縄張りに現れ、居座るようになってしまったロックグリズリー……つまりは、ユナが氷の串刺しにした熊の個体から逃げるために移動をしていた。

美味しい蜜のある木でもあればいいなぁ……なんて本能のままに。まさかその先に人間の街があるなんて思いもしなかった。

「ギャアアアア……」

人間で言う「なんてこった……」といった声を上げて、アイアンビーの群れのリーダーは天を仰ぐ。

右は氷壁。左は氷壁。後ろも氷壁。

仰いだ天には、何やら大きな黒い鳥が、アイアンビーを一匹たりとも逃しはしない……といった様子でグルグルと飛び回って威嚇《いかく》している。

そして目の前には、魔法で作られた黒い槍《ランス》が数十本。

それから……

「奥さん……はありえないですの。だって乙女ゲームの『君紡《きみつむ》』キャラクターだったノルディア様は独身でしたの。恋人だったらどうすればいいのです……ノルディア様が幸せなら祝福するべきですの？　……あぁ、でも女の人とイチャイチャしてるノルディア様を見るのは辛いですの……」

目の前には、何やらブツブツと呟く恐ろしい人間が一人。

「やっぱりノルディア様の恋人なんて考えたくないですの！」

恐怖の化身であるユナが叫びながら、アイアンビーに手の平を向ける。

逃げ出したいのに、大量の氷によって冷え切った体は思うように動かない。

迫り来る〈闇の槍《ダークランス》〉が、仲間のアイアンビーを刺していく。

そして、群れを率いていたアイアンビーにも、同じように槍《ランス》が刺さる。

もしかしたら、ロックグリズリーを恐れながらも元の場所にいたら。あるいはロックグリズリーと縄張り争いをしていた方が、アイアンビーにとってはまだ幸せだったかもしれない。

……そんなことを考えても、遅いのだけれど。


「ユナ、終わっタ？」

「終わったのです！　早くノルディア様の元へ……ああ⁉」

「どうしタ？」

「ノルディア様の現在地が……すでに王都へ戻っているのです……」

「あー……残念だったナ」

ガクリと膝をついたユナを、ヨルが適当に励ました。

「うう……今度会った時に恋人がいらっしゃるか……聞くのです……」


――ピロン♪　レベルアップ♪


ユナの脳裏にポップな音声が流れるが、ノルディアで頭がいっぱいだったユナは気付かなかった。

まさか『君紡《きみつむ》』の世界にレベルの概念があり、魔物を倒したことでレベルアップをし、元々の素質で多かった魔力量がさらに増えているだなんて。

「ノルディア様に恋人がいたら……旅にでも出ますの……」

……気付いていたとしても、ノルディアに恋人がいる疑惑という目先の問題が重大すぎて、興味を持たなかったかもしれない。

◆◇◆

「はぁ……緊張しますの……」

「今日は行くのやめル？」

朝から何度目かわからないため息を吐いてしまいます。

ノルディア様に会いたいのに、今日は会いに行くのが少し怖いです。

それもこれも、先日ノルディア様が、知らない女性と親しげに歩いている光景を見てしまったからです。

ノルディア様に会ったら、あの女性との関係を聞いてみます。ノルディア様がなんと答えるのか考えれば、すごくすごく怖いです。

「今日行かなかったら、次に覚悟を決めた時にもっと緊張しますの……」

すぅと息を吸って、萎《しお》れそうになる勇気を奮《ふる》い起こします。

公爵家の屋敷の無駄に大きな窓を開け放てば、雲一つない快晴。

絶好のノルディア様日和です！

「よし！　ヨル、行きますの！」

「アイヨ」

ピョンといつも通りに窓から外へ飛び出せば、ヨルが腕の中から飛び出して鳥の姿になってくれます。

ばさりと一度の羽ばたきで空高くに舞い上がる感覚が最高です！

「あぁ……また見失った……護衛失格だ……」

ふと背後からそんな声が聞こえてきました。

振り返った部屋の中では、メイド服を着た女性が嘆いていますが……

「ノルディア様の元へ行くのが最優先ですの！」

なにせ、ノルディア様にお付き合いしている方がいるのかという、世界を揺るがす重大事件ですから！

私はメイドさんを見なかったことにしました。

部屋の中に誰かがいたなんて、気のせいでしょう、多分！

会いたい。けれど、会いたくない。

そんな気持ちは、騎士学校の上空に着いた途端に吹き飛んでしまいました。

「はぅう……ノルディア様は訓練をしているだけで絵になるのです……」

「……どれガ、ノルディア？」

「右から九番目、ちょうど対人戦をしているのです！」

「……豆粒にしカ、見えなイ」

騎士学校の訓練場に、ノルディア様がいます！　ここからでは訓練場にいる人達は小さくしか見えないですが、ノルディア様は遠くからでも輝いて見えますね！

対戦相手からジッと目を逸らさずに構えて、炎の魔法が放たれた途端に駆け出しました。地面を蹴って炎を躱《かわ》して、そのまま相手との距離を詰めて。剣技の天才のノルディア様を相手に、そこまで距離を詰められてしまったら勝ち目はありません。

ノルディア様が訓練用の木刀で相手の木刀を弾き、そのまま切っ先を相手の喉元に突きつけて。予想通りノルディア様の勝利です。

「さすがノルディア様ですの！」

予想通りの勝利だったとは言え、ノルディア様の戦う姿は本当に格好良いです。その後も、ノルディア様に見惚れている間に授業は終わってしまったようで、訓練場にいた方々が解散していきました。

ノルディア様は……あれ？　一人だけ訓練場に残るようです？

◆　ノルディアサイド　悩みと打開策　◆

俺はこのところ悩んでいた。

もう少しで騎士学校の昇級試験も兼ねた、学生同士の模擬戦が開かれる。

剣も魔法もなんでも使って良い力比べのようなものだが、騎士見習いとしての実力を測るため、騎士団の人間も視察に来る大事な試合だった。

けれどその大会に今年から追加された新ルールの存在に、俺は悩まされていた。

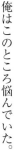

「魔力の練り上げも含めて、魔法の準備は試合前に行うことを許可する。か……ずいぶん嫌われたモンだな」

その新ルールは、魔法を使える者には有利で。魔法の一切を使えない俺にとって、不利にしかならないものだったから。

魔法の事前準備を許可する。つまり、試合の開始と共に魔法を放つことが可能になり、剣技で競うのはその後となるということだ。

魔法の使えない俺が、騎士になろうとすることを嫌う人がいることは知っている。だからといって、こんなに不利になるルールが追加されるとは思ってもいなかった。

剣の撃ち合いの最中に繰り出される、威力の高くない魔法なら、俺は体一つでどうにでもできる自信があった。

けれど、それが事前に用意された大規模な魔法で、避けることもできないほどの大きさなら、どう対処すれば良いのか見当もつかなかった。

「……どうするかな」

訓練場に座り込んで考えても、いい案なんて出てこない。

「……ん？」

頭を抱えていた俺だったが、ふと訓練場の地面に大きな影が差したことに気が付いて、空を見上げる。

「こんにちはですの、ノルディア様！」

信じられないことだが、何やら大きな黒鳥に乗ったユナが空に浮かんでいた。

青色のワンピースを身に着けて、可愛く着飾ってはいるのだが、現れ方が普通ではない。

「久しぶりだな。……その黒いのは……まさかこの前の精霊か？」

「そうですの！」

「オイラ、ヨルって名前貰ッタ！」

「そうか。仲良くできてそうで良かったな」

「はいですの！」

地面に下り立ったユナの元に、黒鳥がシュルリと縮んで向かっていく。

ぶつかる直前に猫の形に変わり、ユナの腕の中に潜り込む様子を見る限り、どうやらユナの腕の中が定位置らしい。

明らかに「普通」の真逆に向かってしまっているユナだったが、それを「ユナらしい」と思ってしまう俺も、大分非常識人《ユナ》に影響されている。

「ノルディア様はこちらで何をしているのです？　悩み事ですの？　ノルディア様には助けてもらっているのです！　困り事は私が解決するのです！」

先ほど考え込んでいるところを見られてしまったのか、ユナが握り拳を作ってそう言った。

俺の半分もない小さな背丈で、俺のことを助けるなんて言うユナは真面目な顔で俺を見つめていた。

「ユナには言ってなかったけどよ、俺ァ魔力がねェんだ。今度模擬戦で戦うんだけどよ、俺は魔法なしで勝たないといけねェから。……少し行き詰まってたな」

……気が付いたら俺は、ユナに言葉を零《こぼ》してしまっていた。

魔力がないということはあまり自分からは言いたくなかった。

どんなに剣技が優れていても、魔法が使えないというただそれだけで、周りの人は俺を憐れんだ。

「魔法なんて斬ってしまえば良いですの！」

「……は？」

しかしユナは、憐れみもせずに、大真面目な顔で「魔法なんて」と言ってのけた。

予想外の回答に、思わずポカンと口を開いてしまう。

「だってノルディア様はいずれ騎士として、最強になるお方ですの！　魔法が使える程度の方に、ノルディア様が劣るはずがないのです！」

ユナは呆《ほう》ける俺に気付かずに、他の人間が聞けば到底不可能と馬鹿にすることを、冗談でも戯《たわむ》れでも、ましては皮肉でもなく大真面目に言うから……

「……は、は。ハハハハハ！」

とうとう笑ってしまった。

「ええ!?　なんで笑っているのです!?」

「いやぁ、なんでもねェよ。やっぱり面白ェな！」

ユナと話しているうちに、気が付けば俺の心を曇らせていた悩みは小さくなってしまっていた。

「ありがとな、ユナ」

「何もしてないのです……？　でも、ノルディア様のお顔が晴れやかになっているので、私も嬉しいですの！　……あ、そうですの！　ノルディア様に聞きたいことがあったのです！」

ユナは首を傾げていたが、ふと何かを思い出したように顔を上げた。

それまでニコニコとしていた表情が一気に曇っていく。

「……ノルディア様に、奥様または婚約者あるいは恋人もしくは好きな方など、いらっしゃいますの？」

今まで見てきた中で、何よりも深刻そうな表情でユナが聞いてくる。

……いや、フェリス王子が死にかけてた時とか、その表情に似合う場面なんて他にあっただろ。

「いねェよ」

「本当ですの⁉」

呆れつつも答えれば、ユナは明らかに嬉しいといった表情でふわりと笑うものだから、鈍いと言われる俺でも向けられる好意に気が付いてしまった。

「……ッ⁉」

「……ノルディア様？　どうしたのです？」

キョトリとわかっていなさそうなユナは、無防備に俺を覗《のぞ》き込んできた。

ふわりと香る花の香りが、こんなに小さくても女らしく。

「……いや、さすがにこんなちみっこいのに……」

僅かに心をかき乱されたが、かぶりを振って落ち着かせる。

まさか、自分の背丈の半分もいかない小さな子供に、一瞬でも心を揺り動かされたなんて信じたくなかった。

◆◇◆

私はホワイトリーフ公爵家に仕える護衛の一人、名を青藍《せいらん》といいます。

私は今、深刻な悩みを抱えています。それは……

「今日も絶好のノルディア様日和ですの！」

……今まさに部屋の窓から外へ飛び出していってしまった、私の護衛対象のユナ様のことです。

「ああ……今日も見失った……」

なんでユナ様は玄関から出ていかないのでしょう？　なんでユナ様は魔法で空を飛んでしまうのでしょう？　なんでユナ様は目を離すと突拍子もないことをしてしまうのでしょう？

なんで……なんて考えは、ユナ様に常識が通用しないのだから、意味がありません。

こうして撒《ま》かれてしまうのは何度目でしょうか。

私の知っている限りでは十数回目ですが、私が気付けていない数も入れれば、恐らく数十回目は超えると思います。

「腕に自信はあったのに……」

落ち込んでいても実力不足が解消する訳ではありません。

私は自分の雇い主でもあり、ユナ様への護衛を命じられたリージア様の元へと向かいました。

リージア様に救ってもらった恩義もあって、護衛の仕事くらいならできると思ってしまったことが間違いだったのでしょう。

多少戦える腕があったところで、私ではユナ様に付いていくことすら不可能です。

そもそも、私は護衛なんて真っ当な仕事をやっても良い人間ではありませんから。

「……という訳で、私ではユナ様の護衛は務まりません」

私はそのことをリージア様に伝えたのですが……

「うん。でもこの前は街まで付いていけたんだよね？」

「なんとか、ですけど……」

「青藍以外にも護衛を頼んだ人はいるけど、誰も街まで付いていくことはできなかったよ」

「ですが私も途中でユナ様を見失ってしまって……」

「青藍以外にユナの護衛なんてできないと思うけどなぁ」

そんな言葉でうまく躱《かわ》されて、リージア様の優しい笑顔に騙されてしまい、私は結局護衛を続けることになってしまいました。

……引き受けてしまった以上は責任を持ちましょう。

ひとまず明日！　明日こそは絶対にユナ様に付いていきます！

決意を固めて、ユナ様の帰りを待っていたのですが……あの、なんでユナ様によく似た人物に助けられたなんて情報の数々が回ってくるのでしょう？

ロックグリズリーを倒す、黒鳥に乗った銀髪の子供？　ユナ様しかありえないです。

◆◇◆

「ユナ、今日もノルディアのところニ、行くのカ？」

ヨルに問いかけられて、私は一瞬考えます。

ノルディア様のところにはいつだって行きたい気持ちでいっぱいです！　叶うことなら毎日だって会いに行きたいくらいですが……先日会いに行った際に、模擬戦が始まると言っていました。

多忙なノルディア様の邪魔をする訳にはいきません。ノルディア様の負担になるようなことは、絶対にしたくありませんから！

「模擬戦があると言っていましたの。多分忙しいのです。ノルディア様に会いたいですけど、今日は我慢するのです！」

――ガタン！

「……？」

「なんダ、今の音？」

ノルディア様の元へ行かないと宣言した途端、屋根裏部屋から物音が鳴りました。

「どうしよう……あの騎士のところに行かないなんて、先回りができない……」と途方に暮れたような声も聞こえましたが、いつもの声なので、護衛さんでしょうか？

護衛さんだったら、気にしなくて大丈夫ですね！

「じゃア、家にいル？」

「今日は……燃えない木を探しに行くのです！」

「燃えない木っテ……？」

今日の予定を伝えた途端、ヨルが「またユナが変なこと言い出した」とでも言い出しそうなジト目になりました。

「燃えない木なんテ、聞いたことなイ。なんのために探すノ？」

「もちろん、ノルディア様の木刀の素材にしますの！　模擬戦では木刀を使うと言っていたのです！　ノルディア様が火魔法を斬った時に、木刀が燃えてしまうと大変ですの」

確かに燃えない木なんて存在するのかわかりませんが、諦めたらそこで終わりです！

「魔法っテ、斬れるものだっケ？」

「ノルディア様ならきっと、斬れるようになりますの」

ヨルが呆れたような目をしていますが、ノルディア様なら絶対にできるはずです！

グッと握り拳を作りながら力説すれば、ヨルも私を止めることは無理だと悟ってくれました。

「わかっタ。じゃア、その燃えない木？　探しに行こウ」

ヨルはいつものように鳥の形に体を変えて、私を背中に乗せてくれます。

私が「ヨル、ゴーですの！」と合図を出せば、ヨルは大きく羽ばたいて大空へ飛び出して……

「ま、待ってください！」

……行こうとしたのですが、突然部屋に入ってきた人の声で、ヨルの動きも止まりました。

振り返った先には急いできたのか、息切れをしている女性がいます。

メイド服を着て、淡いベージュ色の髪をふわりと結っているその人は、部屋の窓から飛び出す直前といった私とヨルの姿に、大きく目を見開いています。

「ユナ様、どこかに行かれるのですか？」

「こてん」と首を傾げながら問いかける声は……あれ？　屋根裏部屋からよく叫んでいる護衛さんと同じです？

それにどうしてか、メイドさんからは闇魔法の気配もします。

『ユナ。アイツ、魔法で姿を変えてル』

ヨルがこっそり念話で教えてくれましたが、使っているのは〈幻影《イリュージョン》〉の魔法でしょうか？

私に対して姿を変えることに、なんの意味があるのかわかりません。

……でも私も、ノルディア様の好みが私の容姿からかけ離れていたら、魔法で姿を変えてしまうかもしれません。

もしかしたらメイドさんも、なんらかの理由があって姿を変えているのかもしれません。

一人で納得して頷いていれば、メイドさんは「ひぃ……〈幻影《イリュージョン》〉は一番得意な魔法なのに、どうしてこんなに緊張するの……」と小声で呟きました。

一瞬魔力が揺らいで、涙目になっている青髪の女性が見えてしまいましたが、どっちでもそんなに変わらないですね！

「お一人でのお出かけは危険ですよ。私も付いていっては駄目ですか？」

ぎこちない笑みを作るメイドさんを前に考えます。

メイドさんを置いていってしまったら……リー兄やお母様に怒られてしまいそうです。

特にリー兄にはこの間、「ユナ、護衛の心を折ったら駄目だよ？」と笑いながら言われてしまったばかりです。

あの時のリー兄の口元は笑っていましたが、目は笑っていませんでした。

メイドさんと一緒に行動をするだけで怒られないで済むのなら、むしろ好都合です！

デメリットはノルディア様の魅力を他の人にも知られてしまうことですが……今日はノルディア様のところに行かないので、特にデメリットはないですね！

「出かけたことを秘密にしてくれるなら良いのです！」

「え、良いんですか⁉」

「ヨル、乗せてあげてほしいのです」

「ユナの頼みならラ、良いけド……」

少しだけ体を傾けたヨルの背中に、メイドさんは慌てて飛び乗りました。

……ただのメイドさんというには、あまりにも身のこなしが軽いので、やっぱり護衛さんで間違いなさそうです。

「えっと、ユナ様？」

まぁ、メイドさんでも護衛さんでも、大した違いはないのでどっちでも良いのです！

「じゃあ、出発ですの！」

今度こそゴーサインを出せば、ヨルが大空へと羽ばたきました。

大きな公爵家も、あっという間に小さくなります。

王都の街並みも、その中心にある王城もあっという間に小さくなって、全てが一望できます。

私にとっては見慣れた光景で、ここまで遠く離れてしまうとノルディア様の姿も見つけられないので感動もないのですが、メイドさんは「うわぁ……」と呟いて見惚れています。

そういえば、メイドさんの名前を聞くのを忘れていました。……別に興味もないので、聞かなくても良いでしょう！

「今日はよろしくですの、メイドさん」

「足を引っ張るなヨ、メイド」

「はい、よろしくお願いします……って、私はメイドではありません！　青藍です！

青藍とお呼びください！」

ヨルと二人で「メイドさん」と呼んだら、メイドさん改め青藍が自己紹介をしてくれました。

「ユナ、どっちに行ク？」

「えーっと、まずは東方向ですの！　この前、本で火山があると読んだのです！　もしかしたら燃えにくい木が生えているかもしれないですの！」

「東方向ですか。一緒に来てなかったら、見当もつきませんでした。だって東方向って、火竜の生息地だから誰も近付かないです……し……？」

青藍が言葉の途中で固まりましたが、竜がいるのですか⁉

目を輝かせた私と対照的に、青藍の瞳が暗くなっていきます。

「ユナ様！　東は駄目です！　竜の縄張りに入ってしまいます！」

「竜？　本当に竜がいるのですか？　やっぱり寿命が長いのです？　会えたら、火で燃えない木を知っているか聞いてみたいですの！　今日は竜に会いに行くのです！」

「エー！　竜よリ、精霊の方が良いヨ！」

青藍から良いことを聞いたので、そのまま東に向かうことにしたのですが……

「嘘！　嘘ですよね⁉　災厄の竜ですよ！　刺激したら殺されちゃいますから！」

「大丈夫ですの、守ってあげるのです！」

「仕方ないからナ」

「イヤァァアアアア‼」

青藍は心配症のようで、しばらく騒いでいましたが、私とヨルが守ってあげると約束をしたら、ぐったりとした顔で静かになりました。

「もう嫌だ。やっぱり私に護衛なんて無理だったんだ……」

……何やらブツブツと呟いていますが、青藍は屋根裏部屋でもよく同じような状態になっているので、多分これは癖でしょう！

燃えない木を探すため、辿り着いたのは大きな火山です！

竜がいると教えてもらったので、会えると良いのですが……

「本当に来ちゃった……ユナ様、もう帰りましょう」

「あの辺りに大きな魔力反応があるのです！」

「今ならきっと大丈夫ですから……って、え？」

大きな魔力の元へ一直線に向かうため、私は青藍の腕を掴んでヨルの上から飛び下ります。

青藍は何が起こったのかわからないといった風に、パチパチと瞬きをして……

「アイキャンフライ！　ですの！」

「無理無理無理無理!!　ユナ様、無理ですってぇええええええ!!」

落下をし始めてから状況を把握したらしく、隣で騒ぎ始めました。

「うるさイ。死なないからラ、大丈夫」

「死ぬ！　普通の人間は！　上空から落ちたら！　死にます！　あなたは良いですよね！　空を飛べるんですから！」

「エ……なんカ、ごめン……」

涙目になりながらもヨルに言い返す青藍は度胸があります。

青藍の気迫に押されたのか、ヨルも珍しく謝っています。

ヨルはコソコソとされる方が怒りやすいので、青藍との相性は良さそうです。

……本当はもっとヨルと青藍のやり取りを眺めていたかったのですが、さっきまで見下ろしていた火山が、今は真横にきています。

そろそろ動かないと、私も青藍も地面に叩きつけられてしまいます。

「風魔法〈飛行《フライ》〉！」

最近、なぜか魔力が増えた気がするので、青藍が一緒でも問題ないはずです！

魔法によって生み出された風が体を持ち上げて、落下速度を緩やかなものに変えていきます。

「ほら、大丈夫でしたの」

「は、え？」

ゆっくりと、細心の注意を払った優しい動きで地面に下ろしてあげたのですが、青藍はそのまま座り込んでしまいました。

「地面だ……地面だぁ……」

「……この人、ずいぶん変わっているのです」

涙を流しながら地面を撫でる青藍の姿に思わず呟けば、ヨルが「ユナに変わり者なんて思われたラ、おしまいだゾ？」と言いましたけれど……ちょっと待ってください。私に思われたらってどういう意味でしょう？

ヨルを問い詰めたかったのですが……どうやら、それどころではないみたいです。

近くにあった大きな魔力が、ものすごい勢いで動いています。

途端に、ヨルも青藍もピクリと動きを止めました。魔力の動いた先は……私達の頭上です！

「闇魔法〈闇の盾《ダークシールド》〉！　氷魔法〈氷の盾《アイスシールド》〉！」

直感だけで魔法を放った次の瞬間、大きな影が落ちてきて、陽の光が急に遮られ、辺りが一瞬見えにくくなります。

しかし次の瞬間、今度は一瞬で辺りが明るくなりました。

ジュワリと〈氷の盾《アイスシールド》〉が溶ける音が聞こえますが……その下には〈闇の盾《ダークシールド》〉もあります。

「あつ……くないけど、なんですか⁉　なんで急に炎が⁉」

突然の攻撃の正体は、突如空に現れた深紅の竜の口から放たれた、炎のブレスでした。炎のブレス……というよりは、規模が大きすぎてもはや、火の雨のようになってしまっていますけれど。

文字通りに降り注いだ火の雨ですが、〈氷の盾《アイスシールド》〉によって威力を削ぐことに成功して〈闇の盾《ダークシールド》〉によって防ぐことができました。

熱さすらも防ぐ完璧な防御魔法でしたが、魔法の範囲外だった木々は勢いよく消し炭へと変わっています。

「やっぱり、炎で燃えない木なんてないですの？」

「ユナ様！　何をのんきに言っているんですか！　今は絶対にそんな場合ではないと思います！」

火山の近くにある木でも簡単に燃えてしまうなら、やっぱり燃えない木はないのでしょうか？

「其方《そなた》ら……我が領域に無断で立ち入り、生きて帰れると思うなよ」

燃えない木について考えていれば、深紅の竜……火竜さんでしょうか？　火竜さんが、上空から、地を這うような低音の声で話しかけてきました。

「ユナ様。私が足止めをしますので、どうにか逃げてください」

青藍は覚悟を決めた顔で、メイド服のスカートの中から短剣を取り出して構えています。

……いえ、火竜さんに会うのも目的の一つだったので、逃げないですよ？

「でも、思っていたより大きくないですの」

改めて見上げた火竜さんの姿は、二階建ての公爵家の屋敷と同じくらいの大きさでしょうか？　横幅は市場の屋台三つ分を繋げたほどです。

もっともっと大きいと思っていたので、少しだけ拍子抜けしました。

「ユナ。竜ハ、プライドが高イ。変なこと言ったラ、面倒になルル」

「小さいというのは竜にとっては、言われたくないことですの？　嫌な気持ちにさせてしまったなら、申し訳ありません」

謝ったのですが、なぜか火竜さんは余計に怒ってしまいました。

「煽《あお》らないでください！」と青藍にも小声で怒られましたが、そんなつもりはなかったのです……。

「……其方《そなた》ら、我のことを愚弄《ぐろう》するか⁉」

グァ、と火竜さんが口を大きく開いて、真っ赤な炎を吐き出しました。

さすがは災厄と称される火竜さんです！　大きな炎が、すぐ目の前まで迫っています。

「火魔法〈炎の壁《ファイヤーウォール》〉！」

炎が目の前に迫る中、私が使ったのは同じ火属性の魔法です。

炎を防ぐのなら水魔法か氷魔法が定石ですが、ちょっと考えが浮かんだので実験です！

火竜さんの炎を受け止めて、左右に流す形で〈炎の壁《ファイヤーウォール》〉を展開させます。

「炎で受け流ス？　でもちょっト、威力足りなイ」

狙い通りに炎を流していますが……ヨルの指摘通り、ブレスの勢いが強いせいか、〈炎の壁《ファイヤーウォール》〉はぐにゃりと歪んでしまい、押され気味です。

このままだと〈炎の壁《ファイヤーウォール》〉がかき消えて、私達のいる場所も炎に呑み込まれてしまうでしょう。

「……むぅ。押し負けたのです。火魔法に火をぶつけるのは失敗ですの」

「人間の魔法相手になラ、十分通じると思ウ」

ヨルが慰めてくれることだけが救いです。

「緊急回避すル。闇魔法〈影移動《シャドウムーブ》〉」

「了解ですの。風魔法〈飛行《フライ》〉」

ヨルの〈影移動《シャドウムーブ》〉で火竜さんの頭上の空に移動して、私の〈飛行《フライ》〉で落下しないように安定させます。

空に逃げたことで、一瞬私達の姿を見失った火竜さんは、ぐるりと周囲に視線を巡らせています。

「ちょこまかとうっとうしい！」

私と目が合うと、容赦《ようしゃ》なく三発目のブレスを吹き付けてきました。

「今度、魔物相手に練習なのです。……闇魔法〈影移動《シャドウムーブ》〉」

実験は失敗に終わったので、今度は確実な方法を取りましょう。

私が使ったのは、ヨルが先ほど使ったのと同じ、〈影移動《シャドウムーブ》〉の魔法です。対象は私自身ではなく、火竜さんの放ったブレスですけれど！

私の手の平から広がった影は、あっという間に空中に広がって炎を呑み込みます。

全ての炎を包んだ影は「ぎゅるり」と渦巻くように小さくなって、薄れて消えた後には炎も闇も残ってはいません。今度こそ完璧な防御です。

姿かたちもなく消えてしまった炎に、火竜さんは何が起こったのかわからないといった表情をして動きを止めました。

「ここから少し離れた場所にある海の上に、炎を移動させたのです。次に同じ攻撃をされても同じように対処するので無駄ですの」

「小賢《こざか》しい真似を……どこまで我を怒らせたいのだ‼」

不思議そうな顔をしているから説明をしたのに、火竜さんは怒ってばかりです。

「怒らせようとしていないのです。あなたの炎でも燃やせない木がないか、探しているだけですの」

問いかけてみますが、火竜さんの答えは「グア！」という唸《うな》り声だけでした。「グア！」ではなく、燃えない木について教えてほしかったです。

「我の炎で燃やせぬものなど、ある訳がなかろう‼」

「……残念ですの。怒らせてしまってごめんなさいですの。もう用事は終わったので帰るのです」

やっと火竜さんは知りたかった答えをくれましたが、どうやら燃えない木はないみたいです。なら、ここはもう用済みですね。

次は海の方にでも探しに行ってみましょうか？

「闇魔法〈影移《シャドウムー》ど〉……」

「待て、其方《そなた》は本当にそれだけのためにここに来たのか？」

帰ろうとして、魔法を展開し始めた私を止めたのは火竜さんでした。

「そうですの」

「……我の牙や鱗《うろこ》を狙ってきたのではないのか？」

「……？　それを狙ってどうするのです？」

火竜さんの牙も鱗《うろこ》も、何に使うのか知りません。逆に問いかけると、火竜さんは「ヌ？」と首を傾げて考え始めました。

「それは……高く売ったりだとか……？」

「ノルディア様が欲しいと言えば考えますが、今は要らないのです」

「……ならばなぜ、我が燃やすことのできない木など探す？」

「ノルディア様の使う木刀を作るためですの」

「木刀？　……あと、先ほどから度々出ているが、のるでぃあとはなんだ」

「世界で一番素敵なお方ですの！」

「……ムム？」

火竜さんは一応頷いていますが、その頭上にはたくさんのハテナマークが浮かんでいるようです。

「惚れてる男ノ、名前がノルディアってだケ」

「……それだけのために？」

「それだケ」

ヨルの補足説明を聞いた火竜さんは、ようやく私達がここに至るまでの経緯を理解したみたいです。

「燃えない木を知っているか、聞くのが一番早いと思ったのですが、不快にさせてしまって申し訳ないのです」

「もう良い。我も久方振りの侵入者に腹を立ててしまったが、悪意はないようだからな」

疲れたような表情で、火竜さんは許してくれたのですが……

「……して、燃えない木ではなく、燃えぬよう術式を入れた魔道具では駄目なのか？」

「……！」

火竜さんから告げられた言葉は、まるで盲点でした。

「それだ！」という表情をする私に、火竜さんはなんとも言えない表情をしています。しいて言うなら、「こいつ、馬鹿だな」といった呆れ顔です。

「それと……そこの人間はずっと言葉を発さないが、問題ないのか」

次に火竜さんが指し示したのは青藍ですが……青藍はぐったりと意識を失っています!?

「青藍！　どうしたのです!?」

「ずいぶん前からそのような状態だったが……」

青藍は口の端から泡を吹いていますが……呼吸は正常です。ただ意識を失っているだけですね。

意識を失ったことで、青藍がかけていた〈幻影《イリュージョン》〉の魔法は全て解けてしまっていますが、それぐらいでしょうか？

腰ほどまであった髪は、肩までの長さに縮んでいます。

色も淡いベージュから濃い青色へ変わって、頭部には髪と同じ色の猫耳が生えるという変化も起きています。

よくよく見れば、髪と同じ色の尻尾まで生えていて、もはや別人だと言われる方がしっくりきますが……ノルディア様以外の人の外見なんて、些細な違いでしかないでしょう！

「寝ているだけみたいなので、大丈夫ですの！　多分疲れていたのです。家に帰ったら、ゆっくり休ませてあげるのです！」

「……そうか」

「助言まで頂いて、助かりましたの！　ありがとうですの！」

去り際に、「また何か聞きたいことがあったらお邪魔するのです」と言いながら〈影移動《シャドウムーブ》〉を使ったのですが、火竜さんも何かを叫んでいました。

「来なくていい！　頼むから来ないでくれ！」

よく聞こえなかったので、次に火竜さんと会った時に聞けばいいですね！

「魔道具ならリー兄の得意分野ですの。もっと早く気が付けば良かったのです」

「でもヨ、模擬試合に魔道具ってテ、使って良いのカ？」

「確かにですの！　作る前に確かめないと、無駄になってしまうのです！」

お家に戻ってヨルと一緒に魔道具作りのことを話していたら、私のベッドに寝かせていた青藍が「う、うん」と呻《うめ》き声を上げました。

「あ、起きたのです？」

私が声を掛けた瞬間、青藍はバッと目を開いて飛び起きました。

「……ッ！」

青藍の体にかけていたシーツが、バサリと音を立ててベッドの下に落ちていきます。

ヨルが茶化すような声で「慌てなくてモ、襲ったりしないイ」なんて言いましたが、青藍は答える余裕もなさそうです。

酷く動揺している青藍は、最初に自分の手の平を見つめていました。

青藍が〈幻影《イリュージョン》〉の魔法で作っていた白手袋は、今は魔法が解除されて消えてしまっています。

そのことに気が付いた青藍は、バッと音を立てて青藍自身の頭部……正確には、その頭上にある猫耳を隠そうとしましたが、いまさら隠しても全部見てしまった後です。

「見ました、よね……？」

青藍は真っ青になっていますが……そんなに見られたくないものだったのでしょうか？

実は〈幻影《イリュージョン》〉が解けかけていた時に、何度か見えていたとは言いがたいです。

「……申し訳……ありません……」

「なぜ謝っているのです？」

「姿を偽っていたことと……それから、お守りしなくてはいけないユナ様の隣にいながら、気を失ってしまったことに対しての謝罪です」

声だけは変わっていない青藍の謝罪を受けましたが、青藍は何に謝っているのでしょうか？

「ん？　……ということは、やっぱり青藍が私の護衛だったのです？」

「はい。ですが、ユナ様が嫌な気持ちになるようでしたら、護衛担当を外してもらいます」

「どうして私が嫌な気持ちになるのです？」

「……私が、獣人だから」

青藍が怯える理由がわからなくて聞いてみたのですが、聞いてもわかりませんでした。

冒険者ギルドでは犬の獣人のレオノーラさんが受付嬢をやっていましたし、街を歩けば人数は少ないけれど、普通に生活をしている人がいます。


なんで青藍はそれほどまで獣人であることを隠そうとするのでしょうか？

「ノルディア様に色目を使ったり、ノルディア様に危害を加えたり、ノルディア様の悪口を言わないのなら、護衛でもなんでも好きにして良いのです！」

理由がわからなかった私は、わからないなりに真剣に答えました。

……ついでに「あ、でもノルディア様とのデート中はできるだけ離れていてほしいですの！」とちゃっかりと自分の要求を伝えました。

うっかり「え、はい？」なんて言ってしまった青藍を、承知したとみなします！

「やったぁですの！　これでデートの邪魔をされないのです！」

ぴょんと跳ねて喜ぶ私を、青藍はどこか呆然とした目で見つめていました。

◆　◇　◆

コンコンと遠慮がちな音のノックがされた。

扉の向こう側にいる人物を想像しながら、リージアは「どうぞ」と言った。

「失礼します」

入ってきたのは予想通り、ユナの護衛を任せている青藍だった。

リージアは声にも表情にも出さず、内心のみで「おや？」と首を傾げる。

いつもは自分の獣人の特徴を隠したがる青藍が、今日は一つも隠していなかった。

「ユナの護衛はどう？」

いつもと違う点には触れずに尋ねてみれば、青藍の三角耳がピクリと動く。

「正直、私では技量が圧倒的に足りないです。普段から後を追うことも叶わず、今日は盾になることもできませんでした」

「青藍以外は、ユナに気付かれずに様子を見ることもできないけどね」

「それでも、いざという時に頼りにならない護衛なんて意味がありません」

リージアは慰めではなくそう言うが、青藍は首を振った。

「でも……ユナ様は私が姿を変えても、何一つ態度を変えることなく接してくれました。今は不可能でも、いずれユナ様の盾になりたいです」

「ユナの護衛は嫌になっていない？」

「はい」

「なら良かった。じゃあこれからも、ユナの護衛を続けてくれる？　もちろん、青藍が別のところに行きたいならそれでも良いけど」

「……私でも良いのなら、続けさせてください」

僅かに笑みを浮かべて頷いた青藍に、リージアは「良かった」と思う。

青藍は獣人差別の酷い他国で、父であるアルセイユの外交に付いていったリージアを、暗殺しようとしてきた人物だった。

後に知ったが青藍は猫獣人と人間のハーフであり、獣人からも人間からも同族と見てもらえずにいたようだ。そんな青藍が生きていくため、周りから認めてもらうために、行っていたのが暗殺だったらしい。

リージアの持つ数々の魔道具に敗れた青藍を、なかば無理矢理連れて帰ってきたのは、「戻ってもどうせ殺される」なんて言って死を選ぼうとしていたからで。

獣人差別のない自国なら、彼女も自由に生きることができるのではないかと、リージアの短絡的な思考で、青藍はホワイトリーフ家に連れてこられた。

ユナの護衛を任せたのも、「人と関わりたくない」と引きこもりたがる青藍を、少しでも外の世界に触れさせるためだった。

「まさか、ユナとの関わりが良い方向に行くなんて思ってもいなかったなぁ」

青藍が出ていった部屋の中で、リージアは柔らかい笑みを浮かべた。

「でも青藍って、暗殺者としての腕は一流なんだよねぇ。青藍が守り切れないものって……僕の妹は何になろうとしてるのかな？」

少し疑問に思うところはあるが、リージアは「どうせユナだから……」といつものように諦める。

まさかその翌日に、「魔道具を作ってほしいですの‼」と叫びながら突撃してきたユナ本人の口から、助言をくれた優しい竜の話を聞かされて、安らかな笑みを浮かべて意識を飛ばしそうになるとは、今のリージアには予想もできないことだった。

◆　◇　◆

カラーン……カラーン……カラーン……

騎士学校の最上部に付けられた鐘が、三回連続で音を鳴らす。模擬戦が問題なく開催される合図だった。

「……よし、行くか」

気合いを込めるように目を瞑っていたノルディアは、壁に立てかけてあった木刀を手に取って、模擬戦の会場になっている訓練場へと向かう。

同じ騎士学校の生徒が、ノルディアの姿を見てヒソヒソと囁《ささや》いていた。

「本当に参加するのかな？」

「魔法が使えないのに……」

「無謀なことをするよな」

時折ノルディアの耳にも届くそれらの言葉は、ノルディアにとっては聞き飽きたものだった。

視線も向けずに歩いて、向かった先の訓練場には、本物の騎士も何人か見学に来ていた。

……なんとしてでも実力を見せなければならない。

周りにいる同級生と、授業の手合わせで負けたことはない。けれどそれは、短い授業の中で、魔法の準備も不十分な手合わせだった。

今日の模擬戦で、勝敗がどうなるかはわからない。もしも負けてしまえば、今でさえ「無謀」と言われるノルディアの夢はさらに遠のくだろう。

「ノルディア様！　応援に来たのです！」

グッと拳を握ろうとしたノルディアは、不意に聞こえてきた高い声に、体の力が抜けてしまう。

見物をする騎士の横に、当たり前のようにいるユナの姿を見て、ノルディアは慌ててそちらに向かった。

◆◇◆

本日はノルディア様の模擬試験ですの。その場でその勇姿を目に焼きつけるため、騎士学校に来たのです。

「ユナ⁉　何しに……いや、応援？　よく入れたな」

「受付で応援をしたいと言ったら、簡単に入れてもらえましたけど駄目ですの？」

「……多分、誰かの妹だと思われてるんじゃねェか？」

応援に来て、あわよくばノルディア様との仲の良さを周りに見せつけたいと思っていたのですが……まさか仲の良い子供と思われる前に、妹だと思われていました⁉

ノルディア様の言葉にショックを受けて周りを見渡しましたが、確かに周囲にはカッチリとした制服を着た騎士の方や、有望な騎士見習いの引き抜きにやってきた冒険者ギルドの人ばかりです。

いかにも戦闘能力が高めに見える方ばかりの中、ドレスを着た私の姿は明らかに浮いています。

「だから微笑ましい目で見られているのです⁉」

周囲の温かい視線は、兄の応援に来た年の離れた妹を見るものですが……ノルディア様の妹という唯一無二の立場もなかなか良いものです。

「ユナ。椅子借りてきタ。座って見れるゾ」

「ユナ様。アレ、渡さないんですか？」

さらにどこからか椅子とテーブル、パラソルまで持ってきたヨルや、コソコソと私に耳打ちをする青藍も合わさって、周囲の視線を独占しています！

「そうですの！　これ、良かったら使ってほしいのです！」

青藍の言葉に思い出して、腕に抱えていた袋をノルディア様に差し出します。

「……なんだ？」

「木刀ですの！　形と重さはノルディア様の使っているものと全く同じなので、使いやすいと思いますの！」

「同じ形、同じ重さなんて、どうやって作ったんだ？　いや、そもそもなんで木刀を？」

「耐久性を高くしたものですの！　ノルディア様に貰ってほしいのです！」

細長い袋の中に入っているのは、リー兄に協力してもらって作った木刀です。中に魔石を埋め込んでいて、溜まっている魔力がなくなるまでは燃えることも折れることもありません。

ノルディア様は一瞬遠慮をするように「いや、これは……」と言いました。

「魔法を斬っても壊れないのです」

けれど私がそう言えば、ノルディア様は一瞬固まって、それから小さな声で呟きました。

「俺が魔法を斬れるって、本当に信じてくれたんだな」

「魔法を斬る？」と、隣にいた騎士の方が不思議そうな表情で私達のことを見ますが、気にしません。

「わざわざ作ったのか？」

「はい！　魔道具の使用は禁止されていないと、ちゃんと確認もしたのです！」

「ありがとうな。前にもピアスを貰っちまったし、何か返さねェとな」

「私がノルディア様のためにしたいと思っただけですの！　気にしないでほしいのです！」

「良いんだよ。試合が終わるまでに、何が欲しいか考えておけよ？」

「はいですの！」

「じゃあ、行ってくるな」

元々口数の多くないノルディア様は、「必ず勝つ」なんて言うことはありませんでした。けれど自信に満ちた笑みを浮かべて、ポンと私の頭を撫でてくれたノルディア様が負ける未来なんて考えられません！


「よし、それでは始めるぞ」

騎士学校の教師の言葉で、試合の開始と対戦相手が告げられるようです。

ノルディア様の初戦の相手は……ニヤニヤと嫌な笑みを浮かべていて、あまり印象が良いとは言えない人でした。

対戦相手はノルディア様と向かい合うと、真っ先に魔法の詠唱をし始めます。

「炎精《かせい》よ、我が呼びかけに応じたまえ。力を授けたまえ。火魔法〈火の球《ファイヤーボール》〉」

最も威力が上がる長い詠唱を行い、ノルディア様の目の前に、体の十倍はありそうな〈火の球《ファイヤーボール》〉が轟々《ごうごう》と音を立てて現れました。

審判も兼ねている教師が止めないのを見る限り、ルールに則《のっと》った行為のようですが……これでは圧倒的にノルディア様に不利です。

無言のまま木刀を構えるノルディア様に、対戦相手が「病院送りになっても文句を言うなよ」と言いました。

「あれが例の魔力なしか」

「可哀想に。今のうちに治療師を呼んでおいた方が良い」

私の近くにいる見学の騎士達も、皆、ノルディア様が負けると思っているようです。

確かに普通なら、魔法の使えないノルディア様は、〈火の球《ファイヤーボール》〉に呑み込まれるしかないのでしょう。

ですが……

「どうやったらここまで同じにできるんだ」

ノルディア様は私の渡した木刀を握りながら、小さく笑っていました。その姿には緊張も強ばりも、悲壮感の一つもありません。

そんなノルディア様に、対戦相手は苛立って舌打ちをしました。

「準備は良いな。……では、始め！」

教師の言葉と共に、〈火の球《ファイヤーボール》〉がノルディア様に向かって投げつけられます。

躱《かわ》すことが難しい大きさの〈火の球《ファイヤーボール》〉に、けれどノルディア様は避けることもせず、あえて真正面から向かっていきます。

「な、死ぬ気か⁉」

そう言ったのは見物の騎士か、あるいは騎士学校の生徒でしょうか。

……けれど、私は知っています。

ノルディア様が生まれた時から魔力を持っていなかったことを。

当たり前のように誰しもが持っている魔力を、ノルディア様は最初から与えられなかったことを。

それでも前を向いて。無謀だと言われても、愚かだと笑われても、ひた向きに剣技を磨き続けたノルディア様の努力を。

「魔法だけ投げて終わりなんて、ノルディア様を舐めているのです」

「魔法をぶっ飛ばして棒立ちか。舐めてんじゃねェぞ！」


――一閃《いっせん》。


鍛え抜かれた剣技によって。そして、炎に触れても燃えることのない木刀によって。

切り裂かれた炎はノルディア様の服の裾を僅かに焼いて、二つに分かれて消えていきました。

「は、え？」

呆然と立ち尽くす対戦相手は、構えることも忘れてしまったようで、目の前に迫るノルディア様のことを、信じられないものを見るように眺めています。ノルディア様の手にあるのは、頑丈なだけの木刀ですが、ノルディア様の気迫も合わさって、真剣さながらのプレッシャーが発せられています。

ノルディア様は木刀を振り下ろして……対戦相手の目の前でピタリと止めました。

ノルディア様も対戦相手も傷一つないですが、勝敗は明らかでしょう。

「……参った」

対戦相手が敗北を認めると、ノルディア様は静かに木刀を下ろしました。

「勝者、ノルディア・カモミツレ！」

勝利宣言だけが、静まり返った会場の中でやけに大きく響きます。

「……今の見たか？」

「何をしたんだ」

「魔法……斬ってなかったか……いや、まさか不発だったのか？」

会場は困惑も多く含んだ騒《ざわ》めきに包まれています。

「さすがですの！　ノルディア様！　誰よりも輝いているのです！　格好良いですの!!」

騒《ざわ》めきに負けてはいけないと思い、大声で叫んだのですが……得意げな顔をしたノルディア様が手を振ってくれます。可愛すぎて萌え死にするかと思いました！

「勝者、ノルディア・カモミツレ！」

最初の一戦を難なく勝利したノルディア様は、次戦と三戦目も勝利によって試合を終わらせました！

「見たか、やっぱり魔法を斬っていたぞ」

「あぁ。噂の魔力なしだろう」

「魔法も使わずに何をしているんだ」

最初はまぐれだと思われていたノルディア様の勝利も、何度も続けば実力なのだと気付かれます。

「すごいですね。本当に魔力を一切使わずに、魔法って斬れるんですね……」

青藍も感心したように呟いて、じっとノルディア様の剣技を観察しています。

「やっぱり魔力はないですよね。ということは、ノルディアさんは純粋な身体能力だけであの動きをしていると……しかも動きながら魔力を感知して、魔法の中心部を正確に切り裂いて……」

「どうしたのです？」

「いえ、私も身体能力には自信があったのですが、ノルディアさんを見ているとまだまだだと思ってしまいますね。ノルディアさんを見て、魔法は斬れるものだと理解をしたとしても、私には真似できません」

落ち込んだように呟く青藍ですが、身体能力に関してはノルディア様と比べない方が良いと思います。ノルディア様には魔力こそありませんが、剣技に関しては最強クラスなので、勝てる人の方が少ないでしょうから。

「闇魔法モ、斬れるのカ？」

「ノルディア様ならきっと斬れますの！」

「すごイ！　今度試してみル！」

「そうですの。ノルディア様はすごいのです」

ヨルは、ノルディア様の戦いにすっかり興奮してしまったようです。

今度ノルディア様にお願いをして、闇魔法も斬れるか試してもらわないといけません。

「ユナ様は、魔法が斬れることをどこで知られたのです？」

「……？　いいえ、知らなかったのです」

「え、ではなぜ魔法を斬っても壊れない木なんて探していたのですか？」

「だってノルディア様ですの。他の人にはできなくても、ノルディア様ならどうにかできると信じていたのです」

唖然とする青藍ですが、そんなに驚くようなことでしょうか？

「ノルディアさんを無条件で信じるユナ様と、普通なら無理だと思うような信頼に、応えてしまうノルディアさん。お二人の相性の良さが怖いですね。放って置いたらどこまでもいってしまいそうです」

青藍はタラリと汗を流していますが、ノルディア様と相性が良いと言われるのは嬉しいのです……が、それよりもノルディア様の隣にいる、あの女の人は誰ですの⁉

「ノルディア様に、女の人が話しかけていますの⁉」

「ン？　本当ダ！」

試合が終わったノルディア様の元に、同い年くらいの女性がいます！

ノルディア様の頬に！　私もまだ触ったことのない頬っぺたに触れています！

「あの方は治療師ですね。先ほどの試合で少し頬が切れていましたから、治療をしているのでしょう」

確かに青藍の言う通り、治療用の魔法薬を持った女性は、ノルディア様の頬に触れて薬を塗っているだけのようです。けれど……

「……お似合いですの」

思わずぽつりと呟いた声は、自分でも驚くほど小さな声になってしまいました。

治療師の女性はすらりと伸びた手足で、背丈もノルディア様とほとんど変わりません。

ノルディア様の横に立って、しゃがんでもらわなくても、ノルディア様の顔に触れることのできる姿は、私にとっては理想的な光景です。

「ノルディア、お前いつからあんなことできるようになったんだよ！」

「どうやってるんだ！　教えてくれよ！」

「んなの、適当にガッと行くんだよ。斬れるって思えば斬れる」

さらに、治療を受けるノルディア様のことを、たくさんの人が囲んでいて。ノルディア様の実力が皆に認められて嬉しい反面、どうしても寂しいと思ってしまいます。

「……ユナ。どうしタ？　具合悪イ？」

しょんぼりとしてしまった私のことを、ヨルが不思議そうに覗《のぞ》き込みます。

多分、私の瞳はゆらりと揺れてしまっていて。ヨルは私の頬に顔を擦りつけてきました。

「不安カ？　オイラ、ユナのこと守ル。大丈夫ダ」

心配してくれているらしいヨルに、思わず小さく笑ってしまいます。

青藍は見当違いに「あ、お腹が空きましたか？　クッキー持ってきていますよ。食べましょうか」とポケットに忍ばせていた包みを広げてくれました。

途端に広がる甘い香りに、ヨルが目を輝かせて飛びついてきました。

「美味しイ！　お前良いものノ、持ってきタ！」

「お屋敷の料理人に作ってもらいました……ってヨル様、食べ過ぎです！　ユナ様の分がなくなります！」

「危なかっタ！　ユナ、これあげル」

「ユナ様、こっちも美味しいですよ」

ヨルと青藍の二人からクッキーを差し出されて、美味しいお菓子を食べたら、悲しかった気持ちもどこかへ行ってしまいます。

ヨルと青藍に「ありがとうですの！」と告げたら、二人とも嬉しそうにしてくれました。

◆　ノルディアサイド　突然の危機とユナへの信頼　◆

……普段の奇行で忘れがちになってしまうが、ユナの外見はとても整っている。

さらに口元に付いたクッキーの欠片によって、普段よりも幼さが増し、とても可愛いことになっていた。

殺伐としていた試合会場の空気がほわり、と緩む。

頬の治療が終わった俺は、次の試合が始まる前にユナの元へと向かおうとしていた。

ちょうどユナの笑った顔と、その表情をニコニコと見つめるたくさんの見物客を見てしまい、思わず足を止める。

「そいつは俺のだ」と一瞬浮かんでしまった考えに、次の瞬間にはかぶりを振って。

「いや。それはねェだろ」

自分で自分に呆れながら呟いた俺は、再びユナの方へ歩みを進めようとして……ふと違和感に気が付いて背後を振り返った。

グルグルと渦巻くような魔力が、形を歪めながら大きくなっているような。

嫌な予感がした俺は、無意識のうちに腰に下げていた木刀へと手が伸びていた。

「なんですの、この魔力」

「とんでもないノ、呼んでるヤツがいル」

魔力感知に優れたユナとヨル、それから殺気に気が付いた青藍もまた、俺と同じ方向を見つめていた。

騎士や冒険者の中の数人も、同じように警戒を始める。

皆の視線が集まる試合会場の真ん中。

そこには、泥の塊がグネグネと動いては何かになろうとしていた。

近くには騎士学校の生徒が一人、何やら呪文らしきものを唱えている。騎士学校の教師が止めないところを見る限り、試合的には許されている行為なのだろう。

「とんでもないもの、ですの？」

「多分精霊を呼んでタ。けド、悪精《あくせい》が来てル。止めないト……もう遅いかモ……」

ヨルが言った瞬間、泥の塊が膨れ上がって何倍もの大きさへと変わっていく。

「……ユナ様、失礼します！」

ガバリと青藍がユナの体を抱えあげて逃げ出そうとしたのと、泥の塊が人の形へ変わったのは、ほぼ同時だった。

「よし、良いぞ。精霊魔法に成功した！　これでノルディアに勝てる！　魔力なしに僕が、貴族の僕が負けるなんて、ありえないからな！」

呪文を唱えていた生徒は魔力を使いすぎたのか、ふらりと揺れながらも高笑いをしていた。

そこにいる誰もが「あの生き物はやばい」と後ずさりをする中、彼だけは土塊《つちくれ》に近付いていく。

「僕が契約者だ。名付けをしてやるから感謝しろ。お前の名前は……」

「オデ、ナマエ、イラナイ。オマエ、タベル。オデ、ジユウ」

ドロドロと何かを落としながら、土塊《つちくれ》はニィと嫌な笑みを浮かべた。

そこで逃げることもできたはずなのに、土塊《つちくれ》の目の前に立つ男子生徒は、まだ状況を把握できていなかった。

「何を」なんていまだに会話を続けようとする生徒に、土塊《つちくれ》は笑った口元を大きく開いて、その体を呑み込もうと動いた。

「危ねェ……だろうが！」

動けたのは近くにいた俺だけだった。

試合で使っていた木刀で、土塊《つちくれ》の手のように伸びている部分を切り落とす。

返す刀で胴ともう一本の腕を切り裂いた俺は、呆《ほう》けたままの男を掴むと思い切り地面を蹴って土塊《つちくれ》から距離を取った。

「動け！　何をしたのか知らねェが、あいつはお前を狙ってる！」

「あれは僕が呼んだ精霊だ！　お前に勝つために、僕の力になるんだ！」

「食われそうになってたくせに、まだわかんねェのか⁉　思考を止めたままだと本当に死ぬぞ！」

怒鳴りながら、ジリジリと土塊《つちくれ》から距離を取ろうとした。

「オデ、キラレタ？　ウデ、ナイ。ツクル」

土塊《つちくれ》はどろりと体を崩すと、斬られたはずの胴を繋げ、両腕を新たに作り直した。

その間も土塊《つちくれ》は俺から、あるいはその腕が掴む男子学生から視線を動かすことをしない。

隙のないその様子にうまく距離を取ることもできず、俺は視線だけで周囲を窺った。

騎士学校の教師は他の生徒を逃がそうと動いていて、すぐに加勢に来ることはできないようだった。

見学に来ていた騎士と、冒険者の数人が外に走っていく。恐らく応援を呼んでくるのだろう。

残った騎士と冒険者がこちらへと向かってきていた。普通ならば、彼らに助けを求めるのが定石だ。

……だが、俺は見つけてしまった。

彼らの後方。護衛に抱えられているユナが、その腕の中から俺を見つめていることに。

「ノルディア様」と、声は聞こえなかったけれど、ユナの口が動いた気がした。

土塊《つちくれ》が動き出す。

ドロドロと何かを滴らせながら、土塊《つちくれ》は「ア、ア、ア」と呟いた。

拳大はありそうな岩が、何個も俺と土塊《つちくれ》の間に現れる。

魔法だと気が付いた俺は、抱えていた男子生徒をユナのいる方向に向かって投げつけた。

「ユナ！　守れるか⁉」

「任せてほしいのです！　闇魔法〈影移動《シャドウムーブ》〉！」

打てば響くように、欲しかった答えが返ってくる。

こんな時なのに、俺にはそれが気持ちよくてたまらなかった。

背後に放り投げた男子生徒のことは、微塵《みじん》も心配せずに木刀を握る。

ユナが「任せろ」と言ったのだから、問題はないだろう。

「・・・・・・魔法ごとき、何個数を増やそうが変わんねェよ」

荷物のなくなった俺は、ニィと凶悪な笑みを浮かべて向かってくる岩を叩き落とした。

◆　◇　◆

「ユナ様！　逃げますよ！」

「逃げないのです！」

魔法を使って男子学生を助けた私は、今にも走って逃げ出しそうな青藍の腕の中から身を捩《よじ》って地面に下りました。

〈影移動《シャドウムーブ》〉で無理矢理引き寄せた男子学生は、ハクハクと口を動かしてから意識を失ってしまいましたが、命に別状はなさそうなので放っておきます。

「ヨル、悪精《あくせい》とはなんですの？」

「悪い精霊のこト。人間との契約ヲ、無視して暴れル」

「どうすれば落ち着きますの？」

「オイラ達精霊ハ、体自体が魔力だかラ、攻撃しても魔力があれバ、回復できル。デモ、魔力が尽きたラ、自然に還ル」

ヨルの説明に納得をします。

召喚を行った男子学生を狙うのは、さらなる魔力を求めてのことでしょう。

「……なら、今度は魔力がある人間を襲うのです。悪精《あくせい》の魔力が尽きるまでの防衛戦、加勢に入りますの」

「ユナの魔力ガ、一番の大物だゾ？」

「なら良い餌になるのです」

ためらいなく私が戦いの場に身を投じようとすると。

「ああ……もう、仕方ないですね！」

「青藍も来てくれるのですか？」

「ユナ様は止めたって、無駄でしょうから」

青藍は懐に愛用している短剣が二本、確かにあることを確認してから、大きなため息を吐いて、私とヨルに付いてきました。

土塊《つちくれ》がいくつもの岩弾を投げ飛ばしてきます。一つでも当たってしまえば、あっという間に集中攻撃を浴びせられそうです。

雨のように降り注ぐ攻撃の全てを木刀で叩き落し、あるいは避けるという、一瞬たりとも気の抜けないやり取りをしていたノルディア様の背後から魔法を放ちます。

「氷魔法〈氷の鎖《アイスチェイン》〉、闇魔法〈闇の鎖《ダークチェイン》〉」

闇を纏《まと》った氷の鎖が、土塊《つちくれ》へと絡みつく。

「今ですの！　動ける人は少しでも削ってほしいのです！」

私の声を合図に、岩弾の攻撃から逃れていた騎士が、動きの止まった土塊《つちくれ》に斬りかかり、冒険者が魔法を放ちます。

土塊《つちくれ》の体が大きく抉《えぐ》れて地面に落ちました。

「ノルディア様、怪我はないですの？」

一旦止まった岩弾の攻撃に、ノルディア様は詰めていた息を吐いたようです。

「おう。手伝ってくれんのか？」

「もちろんですの！」

「そりゃ心強ェな」

頭をぐしゃりと撫でるノルディア様の手に、つい嬉しくなって笑ってしまいます。

ノルディア様は私が子供だからと、助けを拒絶することはありません。

けれど、いつでも守れるようにと、ほんの少しだけ先の場所に立つその背中は、大きくて格好良くて優しいです。

「はぅう……やっぱり好きですの……」

後ろ姿のノルディア様の肩がピクリと動きます。

私の言葉に、ノルディア様の耳は、僅かに赤くなっていた気がします。

「木精《もくせい》よ、我が呼びかけに応じたまえ。力を授けたまえ。木魔法〈樹木の拘束《ツリーバインド》〉！　前線に入ってください！」

「任せろ！　雷精《らいせい》よ、我が呼びかけに応じたまえ。力を授けたまえ。雷魔法〈雷の剣《サンダーソールド》〉！」

木製の杖を構えて呪文を唱えていた女騎士さんの魔法によって、訓練場の地面からニョキニョキと木が生えて土塊《つちくれ》の体を締め付けます。

呼びかけに応じた冒険者の男性も、呪文を唱えて手に持っていた剣に雷を纏《まと》わせると、拘束から抜け出そうと、体を崩す土塊《つちくれ》の元へと駆けていきました。

「あの呪文はなんですの？」

「声に魔力を乗せテ、契約していない野良精霊に呼びかけてル。呼びかけた属性の精霊ニ、好かれてたら助けてもらえル」

「私も真似したらできますの？」

珍しい魔法を使ってみたいと思って問いかけた途端、足元で欠伸《あくび》をしていたヨルが、ぎょっとした顔をしました。

「ダメ！　ユナはオイラの契約者だゾ！　他の精霊じゃなくテ、オイラが助けル！」

「ならあの方達みたいに、ヨルと一緒に魔法を放ってみたいのです！」

ピョンと腕の中に飛んできたヨルを抱えて、魔力の準備を始めていきます。

雷を纏《まと》った剣に切り裂かれた土塊《つちくれ》は、ぐにゃりと歪んで形を整えているところです。

魔法を放つ直前、ヨルの体が霧の形に変わって、ふわりと宙に溶けていきます。それから……私の体を包み込んで……？

着ていたドレスが黒く染まっていきます⁉　腕も指も、まるで黒い手袋をしているかのように、黒く染まってしまいました！

不思議な感覚です！　ヨルの存在をすごく近くに感じて、闇魔法がどこまでも自由に扱えるような気持ちになってきます。

「闇魔法〈闇の球《ダークボール》〉」

呪文を唱えれば、いつも魔法の練習をしている時よりも多い、数えきれないほどの〈闇の球《ダークボール》〉が現れて、正確に土塊《つちくれ》の体に穴を開けていきました。

「アアア……アァァァアア‼」

土塊《つちくれ》が体を直しても直しても、次の瞬間には別の〈闇の球《ダークボール》〉が襲い掛かって、その体に穴を開けていきます。

苦痛の声を上げた土塊《つちくれ》は、魔法を操っている私とヨルに向けて岩弾を放ちましたが、それすらも空中に漂っていた闇魔法によって砕かれてしまいます。

岩を砕いた闇魔法は、そのまま意思を持っているかのように空中を飛んで、土塊《つちくれ》の体へと向かっていきました。

「……すごいですの」

放った魔法は、私のイメージを上回る威力です！

さらに驚いたのは、それらの軌道は私が考えて操作している訳ではなく、全自動で行われているということです！

ヨルが黒霧のまま、「闇魔法ならオイラの手足も同然ダ」と、得意げに言いました。

「良いぞ！　魔法が効いてる！　たたみかけろ！」

叫んだのは冒険者か、あるいは騎士でしょうか。

その言葉を皮切りに、その場にいた全員が一気に攻撃を叩き込みました。

水魔法が動きを止め、風魔法がいくつもの切り傷をつけ、火魔法が体を焼きます。他にも雷や氷、木魔法などが次々に土塊《つちくれ》へと放たれていきます。

「やったか⁉」

土煙の酷い中、聞こえてきた言葉に「ダメですの」と呟きます。

古来よりそのセリフはフラグと相場が決まっています！

……いえ。正確には、魔力感知に土塊《つちくれ》の魔力が、揺らめきながらもその場に留まっているのを感じているのですが……

「イタイ、オデ、キエル？　ア、ア、キエタクナイ……アアァ……アアアアァァァァァアアア！！！」

土煙の収まった後に見えた土塊《つちくれ》は、今にも崩れてなくなってしまいそうです。

ドロリ、ドロリとその輪郭を失いながら、土塊《つちくれ》は失った魔力を補充するために周囲を見渡しました。

……そして、土塊《つちくれ》が目に留めたのは、訓練場の隅に避難をしていた学生や治療師の姿で。

私やノルディア様、騎士や冒険者など、土塊《つちくれ》と対峙して戦っている人間に比べれば、避難をする人々の魔力は、量も質も悪かったけれど、それでも数だけは多くいました。

全部食べれば、土塊《つちくれ》もしばらくは存在を保っていられる魔力が集められるほどに。

「マリョク、オデノ、マリョク」

泥の一部を腕に変え、一気に伸ばした土塊《つちくれ》に、その腕の先にいた生徒達から悲鳴が上がります。

このままだと、被害者が多く出てしまいます！

「今相手してんのは……俺達だろうが！」

状況を把握して、誰よりも早く駆け出したのはノルディア様でした。

土塊《つちくれ》と騎士学校の生徒達の間に滑り込み、土塊《つちくれ》の腕を切り落とします。

「ユナ様、動きを止めてきます」

次いで青藍が、魔法を使いながら駆け出しました。

〈幻影《イリュージョン》〉の魔法で姿を消した青藍は、ノルディア様に気を取られている土塊《つちくれ》の背後に一瞬で現れると、足を切り落として即座に離脱します。

「ユナ、オイラ達も！」

ヨルの言葉に頷いて、私も魔法を発動させます！

「闇魔法〈闇の壁《ダークウォール》〉！」

腕も足も切り落とされて隙だらけとなった土塊《つちくれ》に、ヨルと二人で放った闇魔法を容赦《ようしゃ》なく落とします。

「ア、ア、ア、ア…………」

巨大な〈闇の壁《ダークウォール》〉は土塊《つちくれ》の上にそびえ立って、土塊《つちくれ》を地面へと押し付け、押し潰して……土塊《つちくれ》はしばらくの間声を上げていましたが、そのうちそれも消えてなくなりました。

魔力感知に引っかかるものがなくなってから魔法を解除すれば、そこにはピクリとも動かなくなった泥の塊があるばかりです。

「終わった……んだよな？」

土塊《つちくれ》と対峙していた冒険者の一人が、疑うような声色で呟きました。

誰もが言葉を発することもできずにいる中、私はノルディア様を探します。

「闇魔法〈影移動《シャドウムーブ》〉」

私が魔法を使うと、その場にいた人達は「まだ戦いは続いているのか」と緊迫した様子でしたが……

「ノルディア様！　さすがでしたの！　格好良かったのです！」

私が向かったのはノルディア様の元でした。

土塊《つちくれ》と戦うノルディア様が格好良すぎて、今まで叫びたいのを我慢していたのです。

ノルディア様もホッとしたように笑って、「ユナの魔法もすごかったじゃねェか」と言ってくれました！　褒めてもらえて嬉しいです！

私とノルディア様のやり取りする姿に、その場にいた人々はようやく詰めていた息を吐き出していました。

……結局、応援の騎士団や冒険者ギルドの人間がやってきたのは、全てが終わった後でした。

騎士学校の生徒が精霊の召喚に失敗して、少人数の騎士と冒険者、それから学生のノルディア様と子供の私、護衛の青藍だけで対処をしたと聞いた彼らは、信じられないといった顔をしていました。

しかし、その場にいた騎士も冒険者も選りすぐりの実力者であり、彼らが嘘をつく理由がないということで、それは事実として認められたようです。

「ノルディア様！　試合前に言っていた欲しいもの、決まったのです！」

まだ騒がしい訓練場の中、ノルディア様に話しかけます。ノルディア様はしゃがんでくれて、目線を同じ高さにしてくれました。

「おう、なんだ？」

「ノルディア様が嫌だったら良いのですが……」

「ん？　なんでも良いから言ってみろよ」

「あの……あの……」

どうしても口ごもってしまうのは、ノルディア様に嫌だと言われたらと思うと、怖いからです。

でも、覚悟を決めました！

「あの、嫌ならいいのです！　でも、嫌じゃないなら……将来、私と結婚してほしいのです!!」

予想もしていなかったと言うように、ノルディア様はぱちりと瞬きを一つしました。

きっと私の顔は真っ赤に染まっています。

それでも真っすぐにノルディア様を見つめるのは、私が真剣なことを知ってほしいからです。

「ユナ、お前はまだ子供で、きっとこれから先に、俺よりもっと良い奴に会うと思うぜ」

「ノルディア様より良い人なんていないのです！」

年齢差もあって、ノルディア様から子供と思われていることもわかっています。

まだ、ノルディア様に公爵令嬢だということも告げられていません。騙しているという罪悪感もあります。

けれど、ノルディア様だけは。他の全部を諦められたとしても、ノルディア様だけは諦めることができないのです！

「ノルディア様のことが……大好きですの」

断られてしまうかもと考えると怖くて、それでもノルディア様には、私の気持ちを知っていていただきたいです。

願うような想いで、ノルディア様の言葉を待ってしまいます。

「ユナがでかくなって、それでも同じように思ってたらな」

「本当ですの⁉　本当に良いのですか⁉」

まさかノルディア様から承諾の言葉が返ってくるなんて思ってもいなくて、何度も確認をしてしまえば、ノルディア様は笑いながら頷いてくれました。

信じられないのに、嬉しくて。まるで夢のようです。

ずっとずっと大好きだったノルディア様と、結ばれることなんてできないと思っていたので。喜びすぎて魔力の制御が緩んでしまって、ほろほろと氷でできた花が周囲に浮かんでは落ちてしまいます。

「ノルディア様の婚約者になれましたの！　ファンの人に刺されてしまうかもしれないのです！　でも刺されても良いぐらい幸せですの！　今死んでも悔いはないのです！　嘘ですの！　死んでしまったらノルディア様と結婚できないのです‼」

足元に大量の花を積もらせながら、私はポロポロと泣き出してしまう。

「泣いてんのか？」

「嬉しくて、びっくりして、涙が止まらないのです……」

「お前は案外泣き虫だよな」

「ノルディア様の前だけですの……」

しばらくの間ぐすぐすと泣いていた私の目元を、ノルディア様が少しだけ困ったような顔をしながら、指先で拭《ぬぐ》ってくれました。

グイ、と。少しだけ力加減が強いのは、ノルディア様の不器用な優しさです。それでも、その不器用さまで愛おしいです。

「うう……夢みたいですの……。今の映像も音声も、〈映像保存《ピクチャー》〉の魔法で撮れているのです……。信じられなくなったら見返すのです。一生の宝物ですの……」

「アーア。ノルディア、逃げ道なくなったナ」

ヨルに憐れみの目を向けられたノルディア様は、なんだか少し疲れたような顔をして笑いかけてくださいました。

「ノルディア様、大好きですの！」

私が、小さな手をめいっぱい広げてノルディア様に抱きついて、ノルディア様のことが大好きで仕方ないと伝えます。

「可愛いな……」と小さな声で呟いたノルディア様は、ヨルと青藍の「この男、ユナ（様）の異常発言を流した⁉　強すぎる……」という、若干引いた反応に気付いていませんでした。

第五章　攻略対象その五の心が欲しいのです

ホワイトリーフ家の紋章である白い葉は、どんな権力にも染まらずに国のため、民のために尽くす誓いを表しているらしい。

なんで急にそんなことを言うのかといえば、その紋章が描かれた手紙が俺、ノルディアの手元にあるからで。

「やっぱりユナの話だよな……」

中身を要約すれば「なるべく早い時期、来ることのできるタイミングで良いから、公爵家へ足を運んでほしい」とのことだが、十中八九ユナのことだろう。

「婚約……というか、結婚するなんて言っちまったからな……」

大方あの話はなかったことに、という頼みだろう。

あまりにも早い対応に驚きはしたが、そうなるかもしれないという予想は、俺にもできていた。

授業が終わったその日のうちに、公爵家に向かった俺は、予想以上に大きい屋敷の前で、いまさらながら躊躇《ちゅうちょ》していた。

一応は騎士学校の、式典などで着るような正装用の制服を着てきたが、それでも場違い感が拭《ぬぐ》いきれない。

「カモミツレ様ですね。お話を伺っております。御当主様のお部屋までご案内させていただきます」

門の外で様子を窺っていたはずなのに、いつの間にかやってきたメイドに話しかけられて、名乗りや要件を告げる前に案内をされてしまう。

俺が連れていかれたのは、来客用と思われる立派な部屋だった。

「私はアルセイユ・ホワイトリーフだ。なぜ君が呼ばれたかわかるかね」

ユナもいるのかと思っていたが、そこには俺よりも遥かに年上の男性しかいない。厳しい顔つきの男性は、アルセイユ・ホワイトリーフと名乗った。

つまり、ホワイトリーフ公爵本人だということ。ごくりと俺の喉が鳴った。

「ノルディア・カモミツレと申します。本日はお招きいただきありがとうございます」

俺の挨拶を公爵は片手だけ挙げて受け取って、それからせっつくように「ユナと結婚の約束をしたというのは本当かな?」と尋ねた。

下げていた頭を上げた俺は、俺の瞳を射抜くかのような視線を向ける公爵に僅かにたじろぎながらも「はい」と答えた。

「ユナは私の娘だ。高位貴族の結婚は、個人の意思で決められるようなものではないことはわかるだろう」

「はい」

「ここだけの話だが、ユナには以前からフェリス第一王子の婚約者候補にしないかという話もきている。君との婚約は、我が公爵家にとっては都合が悪い」

はっきりと言われた事実に、さして傷つきはしなかった。

自分でもそうだろうと思っていたし、所詮は子供であるユナの言い出した口約束だ。大人になってから忘れ去られるか、今この瞬間になかったことにされるかの違いでしかない。

しかし、俺の脳裏にあったのは、嬉しいと喜んでいたユナの姿だった。

結婚の約束を取り消してしまえば、ユナは悲しむだろうか。

俺の前で涙を流すことの多いユナに、泣かれてしまうのは困ると思った。

「ユナの言ったことはなかったことにしてほしい。……と、本来ならば言うべきなんだが」

予想通りの言葉に、しかし続きがあった。

そのことに、俺は怪訝な顔をしてしまったのではないかと思う。

アルセイユ公爵は厳しい顔つきを一転させて、困ったように眉を八の字にした。

「ユナがね……君との結婚に身分が邪魔なら、家を出て縁を切ると言い出していてね……」

心底困ったような声色に、俺はうっかり「……はい？」と返してしまったが、咎《とが》められることはなかった。

家出に、縁を切る？

ユナは何を言い出しているんだ？

「正直、身分ならどうにでもなる。君をどこかの貴族の養子にしても良いし、何かの功績を作ってもいい。そしてユーフォルビア王国の貴族として、一人の親の立場として考えれば、君一人で精霊の契約者であるユナをこの国に縛れるのなら、私はそれで良いと思っている」

数分前の言葉とは真逆のことを言った公爵は、話を今一つ呑み込めない俺に対して「君が良いなら、ユナの正式な婚約者になってもらいたい」とわかりやすい言葉にして告げた。

突然の話に困惑しながらも、自分で良いのだろうか、と思った。

しかし、公爵はそんな俺の気持ちが読めているかのように、「ユナは君が良いらしい」

と言った。

公爵は、ただただ俺を真っすぐに見つめている。

そこには魔力を持たない俺に対する侮辱も、身分の差を嘲笑《わら》うようなものも、何一つなかった。

どこまでも真っすぐな瞳は、ユナによく似ていた。

「……私で良いのなら謹んでお受けいたします。ユナ様が私の手を取る限り隣に立ち、守ってみせます」

覚悟を決めてそう言った俺に、公爵は「そうか」と満足そうに笑った。

「いやぁ、良かった。これでユナちゃんに〝お父様なんて大嫌いですの〟って言われないで済んだ」

「……えっ？」

相合を崩して「助かったよ」と言う公爵に、先ほどまで確かに存在していた威圧感は、綺麗さっぱりなくなっている。

呆気に取られる俺の肩を叩いて、「ああ、ノルディア君。今日は夕飯でも食べていきなさい。きっとユナちゃんも、君がいたら喜ぶから」なんて軽い口調で言うものだから。

なんとなく騙されたような気持ちになりながら俺は頷いた。

公爵に誘われて参加した食事会は……非常に疲れた。

まずユナは、俺が公爵家に来ていることに気が付くと、いつもの調子で「ノルディア様！　ノルディア様！」と呼んでは隣に座りたがった。

身分的には俺の方が「ユナ様」と呼ぶべきなのに、敬語を使った瞬間に泣き出しそうな顔をされた俺は、仕方なく普段通りに話すしかなくて。公爵家の面々の手前、気まずくて仕方なかった。

ユナの兄であるリージアは、なぜか俺に魔道具を渡そうと躍起になっており……

「婚約祝いだと思ってもらってください。これは毒を無効化する魔道具で、こっちは洗脳を無効化するものです。一度だけ全ての魔法を無効化するものも渡しておきます。バングルなので手首か足首に着ければ大丈夫です」

「いえ、こんな高価なものを貰えませんよ」

「ユナのあなたへの執着は異常です。ノルディアさんが万が一怪我でもしたら、ユナはどうなってしまうのかと思うと、怖くて夜も眠れません。僕を安心させるためと思って、どうかお願いします」

冗談のようなことを真顔で告げるリージアに押し切られて、貰った金色のバングルを左手首に着ければ、ユナが「格好良いですの！」と騒ぎ出す。

「うふふ、ノルディアさんは甘いものはお好きですか？」

「あ、はい」

「良かったらこちらも召し上がってください」

ユナの母であるホワイトリーフ公爵夫人は、俺の元へわざわざデザートを持ってきてくれた。

「うふふ、ノルディアさん。これからはユナちゃんの婚約者として、よろしくお願いしますね。……万が一婚前に手を出したり、傷つけたりしたら、わかっていますよね？」

柔らかいムースを俺の皿に盛りつけながら、ひっそりと囁《ささや》かれた公爵夫人の言葉に、俺の本能が危険を察知して鳥肌が立つ。

座っている皆に見えないように、テーブルの陰でちゃぷりと振られた小瓶に入っている液体は何なのか。

俺は無意識のうちに、今日は下げていない腰の剣を探しそうになる手を押さえながら、コクコクと頷いた。

「あー！　お母様、ノルディア様に近付きすぎですの！　駄目ですの！」

「うふふふ、ユナちゃんは本当にノルディアさんが好きですね。……ちょっと妬いちゃいます」

柔らかい笑みを浮かべながら俺のことをジッと見つめる公爵夫人が、正直に言うと一番怖かった。

「では、婚約者ができたことは近日中に公表するからそのつもりでいてくれ。今日は長く呼び止めてしまってすまないね。門に馬車を用意しているから乗っていきなさい」

緊張で味もよくわからなかった豪華な料理を食べ終えた頃には、公爵に用意してもらった馬車を断る元気もなくて。

大人しく馬車に乗った俺に、ユナは当たり前のように後を追ってきた。

「送りますの！」

「暗くなってるから良い。さっさと寝ないと、でかくなんねェぞ」

「一日くらい大丈夫ですの！」

絶対に付いていく、という顔のユナと「馬車に乗るノ、初めテ！」とはしゃぐヨルに、強く言えない俺も相当甘い。

結局ユナを降ろさないで扉を閉めたが、大人用の椅子にちょこんと座るユナを見ていると、揺れた時に飛んでいってしまうのではないかと心配になった。

「……そっちに座っても良いか？」

「はいですの！」

前の席も空いているのにユナの隣に座った俺を見上げて、ユナは「ノルディア様は本当に優しいですの」と幸せそうに呟く。

照れ隠しに「うっせェ」とそっぽを向いても、ユナはにっこりと笑っただけだった。

「ノルディア様、ノルディア様」

「……んだよ」

「呼んだだけですの！　ノルディア様が婚約者というだけでも幸せなのに、名前を呼んだら振り向いてくれるのです！　夢みたいですの！」

夜空の下を走る馬車の中、月明かりに照らされたユナの顔は心底幸せだという風に赤らんでいた。

「……暗いですの。光魔法〈光《ライト》〉」

うっかりユナの頬に触れてしまった俺は、魔法によって明るくなった馬車の中で、ユナに手を伸ばしたまま固まる。

頬に俺の手が添えられたままのユナが、スリ、と自分から擦り寄ってくるものだから、俺の脳は思考を止めてしまって。

自分のことを受け入れるかのように目を閉じるユナに、もう片方の手も伸ばしかけた瞬間、公爵夫人の優しくて目元の怖い笑みを思い出す。

「……手を出すって、どこまでを指してんだ？」

「ノルディア様になら手を出されたいのです！」

「…………駄目だ。せめてあと十年……以上」

「十年以上もノルディア様と一緒にいられるなんて、幸せですの」

足をパタパタと動かすユナはのんきなもので、俺の言葉がわかっているのか、いないのか。

「……早くでかくなれよ」

思わず呟いてユナを抱きしめたが、腕の中のユナが赤面をしたまま動きを止めていることに気が付く。笑いながら体を離した。

「は、反則ですの！」

「何がだよ？」

「耳元でノルディア様に囁《ささや》かれたら、死んでしまうのです！　あ、魔法！　録音の魔法を使っていなかったのです！　もう一回やってほしいのです！」

「死んじまうんじゃねェのかよ」

「……意地悪なところも格好良いのです」

楽しそうな笑い声を響かせながら、馬車は騎士学校へと向かっていった。

◆◇◆

……私が両親から認めてもらって正式にノルディア様の婚約者となってから数日後。

「……ノルディア様」

いつものように騎士学校にやってきた私は、帰り際、少し言いよどみつつもノルディア様の名前を呼びました。

「なんだ？」

振り返ったノルディア様に、私は言葉を呑み込みます。

実は一週間後、私の誕生日パーティーがあります。

本当はノルディア様にお祝いの言葉を言ってもらえるのが一番嬉しいですが……誕生日当日は、公爵家で盛大なパーティーが開かれてしまう予定なのです。

貴族ばかりが集まる面倒なだけの集まりに、ノルディア様を巻き込む訳にはいきません。

「……一週間ほど、会いに来られる時間がないのです」

「おう」

誤魔化すように言った言葉に、ノルディア様は少しだけ不思議そうにしながらも頷いてくれました。

「では、また一週間後に遊びに来るのです」

名残惜しさを振り切るように、ノルディア様に別れを告げて。早足でその場を去ったせいで、私は気が付きませんでした。

ノルディア様が「なんだ、元気なかったか?」と呟いたことも。そんなノルディア様に、青藍が近付いていったことも。

「ノルディア様、実はユナ様ですが……」

青藍の告げた言葉に、ノルディア様が驚くような表情をしていたことも。私は全部気が付かなくて……。

「誕生日パーティーなんてなかったら、もっとノルディア様と一緒にいられたのです」

私の心にあるのはただ、誕生日パーティーへの憂鬱《ゆううつ》な気持ちだけでした。

「ユナ様、お誕生日おめでとうございます」

「ありがとうございますの」

豪華な食事と、煌《きら》びやかに飾られた公爵家の屋敷。

お祝いの言葉を告げる客人を前に、にっこりと笑いながら「つまらないです」と思ってしまいます。

ノルディア様の元へ会いに行けなくなってから、一週間。今日は私の誕生日です。

懇意にしている貴族にのみ招待状を送ってお祝いのパーティーを開催していますが、私にとっては退屈で仕方のないものです。

ドレスの準備やマナーの勉強などで、ノルディア様の元へ行けないのはもちろん、ノルディア様との婚約が国からなかなか認められないため、パーティーにノルディア様を呼ぶこともできません。

いまだ闇の精霊であるヨルと契約した事実も公にはしていないため、ヨルも影の中に隠れたまま。

誕生日を名前も知らない人達に祝ってもらうくらいなら、ノルディア様のところに行きたかったです。

『ユナ、部屋に帰ル？』

「つまらない」という私の感情に気が付いたヨルが、影の中に溶け込んだまま尋ねてくれるけれど、そうしたらまずいことはさすがにわかります。

離れた場所で別の貴族と談笑をするリー兄が、時折心配でたまらないという視線を送ってきます。そんな中で部屋に帰ってしまうことはできません。

念話で『まだ駄目ですの』とヨルに返事をして、話しかけてくる貴族に対応します。

「噂に違《たが》わぬ美しさですね。将来はリディナ様のように、妖精姫と呼ばれるのではないでしょうか」

挨拶はされましたが、興味ありません。名前も覚えていない年配の男性が、なぜか私を持ち上げては反応を窺っています。

「嬉しいですの」と笑みを浮かべた私に、男性は安心したように笑って。それから、背中に隠れて立っていた少年を紹介してきました。

「あぁ、ご紹介が遅れてしまい、申し訳ありません。私の息子の…………」

私のことを見つめて頬を染める男の子を前に押し出して、男性はペラペラと話を進めますが……つまり、男の子と私を仲良くさせたいのでしょう。

友達としてか、異性としてかはわかりませんが、こういった対応は……

「いやぁ、君の息子の評判はよく聞くよ。なんでも、よくできた子だとか」

……お父様が助けてくれます。

男性と男の子の相手をお父様に任せて、私は微笑みを浮かべたまま、「やっぱりつまらないです」と思考を飛ばしてしまいます。

誰も彼も、私を煽《おだ》てるばかり。

にっこりと笑みを作ってみせれば勝手に喜んで、〝ユナ・ホワイトリーフ〟の外見だけしか見ていないような気すらしてきます。

「……笑っているだけなら、私でなくても良いですの」

飲み物を取りに行くと離れた先で、思わず小さく呟いてしまいます。

「ユナ様、良かったらこちらをどうぞ。休憩できる場所もご用意しております」

給仕の格好をしていた青藍にドリンクを渡されて、こっそりと案内された先はバルコニーでした。

カーテンを閉めれば、パーティー会場から見えることはありません。

「こちらで休んで、しばらくしてから戻れば良いと御当主様からの言付けです」

用意されていた椅子に座れば、朝から張り詰めていたものを、ため息と共にようやく吐き出すことができました。

厚い布を一枚隔てた室内ではいまだ喧騒《けんそう》が続いていますが、青藍とヨルしかいないバルコニーなら、他人の目を気にしなくても良いです。

「お疲れさマ」

ヨルも、ようやく影の中から抜け出し、すぐにいつもの猫の形に姿を変えて、私の腕の中に潜り込んできました。

重さなんてほとんどないヨルの体が、普段通りに腕の中にあるというだけで安心します。

「……ノルディア様に会いたいのです」

安心したので、思わず本音が零《こぼ》れてしまって。

しかし、それが叶うなんて思ってはいませんでした。

「それなら来て良かったな」

声を聞きたいと願っていたけれど、今日は会えないと思っていた。

聞き間違えるはずのない、大好きな声は……

「ノルディア様⁉」

俯いていた顔を上げると、いつもの学生服を着たノルディア様が立っていました。

今日のことは伝えていなかったはずなのに、どうして……？

驚いて目を見開く私に、ノルディア様は「誕生日なんだろ？」と尋ねます。

困惑する中、私はノルディア様の問いかけに頷きを返せていたでしょうか。

しかし、ノルディア様が「おめでとう」と言ってくれたので、何かしら反応はできていたのでしょう。

いつものように頭を撫でようとしたノルディア様が、私の髪が綺麗にセットされていることに気が付いて、途中で手を止めてしまいます。

髪が崩れても、ノルディア様に触ってほしかったです。

「ノルディア様、なんで……？」

「オイラが〈影移動《シャドウムーブ》〉で連れてきタ！　ユナずっと、元気なかったかラ！」

私の疑問に答えたのは、ノルディア様ではなくヨルでした。

ついでに青藍に「リディナ様からのご提案です」と言われれば、誕生日の私に対する皆の気遣いなのだとさすがに気が付きます。

「……足、大丈夫か？」

着飾った私の姿を見て……正確には、その足元を見たノルディア様は眉を顰《ひそ》めました。

淡い緑色のドレスに、ノルディア様の髪色を意識して、靴だけは少し大人びた赤色のものを選んでいます。

似合っていなかったでしょうかと、不安になった私の足元に、ノルディア様は跪《ひざまず》いて靴を脱がせようとします。

「ノルディア様⁉」

「やっぱり赤くなってんじゃねェか」

驚いて立ち上がりかけた私を押しとどめて、ノルディア様に取り上げられてしまった靴には、少しだけヒールが付いています。

「歩きにくそうな靴だな。……似合ってたけどよ」

果たしてそれは誉め言葉だったのでしょうか。

少しでもノルディア様の背丈に追いつきたいと選んだヒールは、まだ柔らかい子供の足には合っていなくて。

「可愛い」と褒め称えられるよりも、ぶっきらぼうな口調で紡がれる優しさが、私に触れてくれるノルディア様の手が、何よりも嬉しいです。

「似合っていますの？」

「おう。でも痛ェなら、違う靴を持ってきてもらえよ」

「はいですの」

ノルディア様が心配をしてくれていることがどうしようもなく嬉しくて、クスクスと笑ってしまいます。

笑う私に、ノルディア様は不思議そうな顔をして。それから「動くなよ」と呟いて、顔にそっと触れてきました。

顔が！　ノルディア様の世界一格好良い顔が近いです！

髪型を崩さないように、いつもよりおそるおそる伸ばされる手と、一緒に近付いてくるノルディア様のお顔に、思わずぎゅうと目を瞑ってしまいます。

……しかし、期待していた感触はありませんでした。

「やる」

私の耳元に何かを着けて、ノルディア様はすぐに離れていってしまいました。

「イヤリングですの？」

「気に入るかはわからねェけどよ」

照れ隠しでそんなことを言うノルディア様ですが、私はノルディア様がプレゼントを用意してくれたというだけで嬉しいです！

たとえそれが、その辺りに落ちている石ころだったとしても、ノルディア様の手から渡されたなら、飛び上がって喜んでしまいます。

「ユナ様、鏡をどうぞ」

青藍に手渡された手鏡を覗《のぞ》き込んで、「うわぁ」と喜びの声を上げてしまいます。

耳元に着いていたのは、以前ノルディア様に渡したピアスと同じ、赤い魔石で作られたイヤリングでした！

細長い八角形の形も、ノルディア様の耳元に着いているピアスと同じで。片耳ずつのピアスとイヤリングが、対のようになっていて嬉しいです！

それに何より……

「ノルディア様とお揃いですの！　嬉しいのです！」

何度もイヤリングを触りながらそう言うと、ノルディア様は安心した表情で息を吐きました。

「気に入ったなら良い」

言葉はぶっきらぼうなノルディア様ですが、私を見つめる表情は優しいです。

誕生日だと伝えていなかったのに、なんでノルディア様がプレゼントを用意してくれていたのか……その答えは、きっとノルディア様のすぐ近くに立つ青藍が知っているでしょう。

私の視線に気が付いた青藍は、コクリと頷きました。

「差し出がましいかと思いましたが、ユナ様の場合、ノルディア様に祝っていただくことが一番のプレゼントになるかと思いましたので」

「俺はユナの口から聞きたかったけどな」

青藍の気遣いも、ノルディア様のジト目も、私を思ってのことだとわかって嬉しくてたまりません！

「ごめんなさいですの！　ノルディア様の負担になりたくなかったのです！」

「青藍様に教えてもらって助かったけど、時間もなくて焦ったからな。……ちなみに加工はリージア様だ」

「リー兄も関わっているのです？」

「魔石を取るためにダンジョンに潜ってたんだけどよ、なかなか目当てのモンが出なくてな。加工の時間がねェって困ってたら、青藍様伝いにリージア様が声を掛けてくれたんだ」

大したことでもないといった風にノルディア様は言いますが、魔物を倒して魔石が出るのは滅多にないことです。

ノルディア様が私へのプレゼントを用意するために、どれほどの時間を使ってくれたのかわかってしまいます。

ノルディア様から貰ったものならどんなものでも宝物になりますが……これは嬉しすぎます！

「一生大切にするのです！」

本心からそう言えば、ノルディア様は笑いながらも、「おう」と頷いてくれました。

乙女ゲームの中では見たことがないほど、優しい表情を浮かべるノルディア様に、幸せな気持ちでいっぱいになってしまいます。

気が付けばパーティーの喧騒《けんそう》は少し収まっていて、ゆっくりとしたテンポの音楽へと変わっていました。

辺りもすっかり暗くなっていて、きっとパーティーも、もう少しで終わりなのでしょう。

「……戻らなくていいのか？」

「もう少しだけ、ノルディア様といたいのです」

煌《きら》びやかなパーティー会場よりも、バルコニーの上でノルディア様と一緒に過ごした時間の方が、ずっとずっと楽しかったです！

◆　◇　◆

「ノルディア君。君に折り入って頼みがある」

俺がユナの父、アルセイユ公爵に呼び出されたのはこれが二度目だった。

前回同様「いつでもいいから顔を出してくれ」と、ユナが遊びに来た際に青藍から伝えられた俺は、その日のうちに公爵家へ向かった。

前回と同じように、門を潜ってもいないのに現れたメイドに声を掛けられ、連れていかれたのは公爵の仕事部屋と思われる書斎だった。

「……聞いてくれるかい」

「はい」

真剣な顔をする公爵に硬い口調で問われて、俺は姿勢を正す。

……ただ、その姿勢も長くは持たなかったけれど。

「ユナちゃんが、私の言うことを聞いてくれない」

「…………はい？」

「家から勝手に出ていって、冒険者の真似事をしているようでね。護衛を付けても無理に止めたら撒《ま》かれてしまうし、勝手に出かけたら心配だよって言っても聞かないし、もう私にはどうすることもできないよ☆」

語尾に星マークでも付いているのでは……と思うほど気軽な口調に変わった公爵に、俺は「はぁ……」と返事をしてしまう。

六歳の子供にしてはしっかりしているユナだが、行動はかなり破天荒だ。

彼の言っていることをそのままやらかしているユナの姿が、安易に想像できてしまう。

「でも、ノルディア君。君の言うことなら、ユナちゃんは絶対に聞くだろう」

「そんなことは……」

「実はね、君との婚約を認める時に〝家の庭で魔法を打ち上げるのを禁止〟と条件をつけたんだよ」

「……はぁ」

「そうしたら毎日のように屋敷を凍り付かせて、燃やしかけて、吹き飛ばしかけていた娘の魔法が、今はこの通り！　対ユナちゃんに君は最強だ！」

「ほら！」と公爵が指をさした窓は、綺麗な青い空が広がっている。

魔法で家を壊されないという、ごく普通の日常を喜ぶ公爵が、本来ならば雲の上の存在のはずなのに、俺にはなぜか可哀想な人に見えてきた。

「だからユナちゃんに、ノルディア君から〝冒険者ギルドに立ち入り禁止〟って言ってくれないかな」

「それくらいなら。でも魔法も使えてヨルもいますし、心配しすぎでは……」

「甘い！　甘すぎるよ！　可愛い可愛いユナちゃんに、変な虫が付いたらどうするんだ！」

「どうしてもと言うなら伝えますが……ユナにはできることが多いのに、それを全部取り上げるのはもったいないと思いますけどね」

俺はそう言って、パチパチと瞬きをして固まる公爵を前に「何かおかしいことを言ったか？」と考えた。

「……ユナ様ですね。失礼しました」

考えて、ユナを呼び捨てにしてしまったことに気が付いて、慌てて訂正をする。

ユナの前だと、敬称を付けるとむくれるからって癖が付いちまってた！

さすがに公爵の前で、娘を呼び捨ては無礼すぎるだろ！

「ふふ、そうか。もったいないか」

内心冷や汗をかいていた俺に、公爵は面白いものを見つけたとでも言いそうな顔で、目を細める。

彼にとって俺は、騎士にもなっていない見習いの男でしかないはずだ。

身分も魔力もなく、あるのはただユナに好かれているという一点のみ。

……だが、俺の言葉を聞いた公爵は、面白くて仕方ないといった表情を浮かべた。

「私はね、時々怖くなる時があるんだ」

不意に告げられたのは、そんな言葉だった。

「もちろん自分の子供だ。可愛くない訳がない」

続く言葉を聞いて、俺はやっとユナの話をされているのだと気付いた。

気付いたが……ユナが怖いとは一体……？

「子供とは思えない魔力量に、希少な精霊との契約。私はユナちゃんの親でもあるけれど、それと同時にこの国を守る貴族だからね。……時折、ユナちゃんの力がこの国の力になるだろうかと、悩む時もあるくらいだ」

瞼《まぶた》を伏せる彼の姿は、どこか頼りなく見えてしまった。

「けれど、君はそんなユナちゃんの力を、もったいないと言ったね。いやぁ、面白い考え方だ」

しかし次の瞬間には、公爵の顔からは憂《うれ》いなんて消えていて。代わりに、面白くてたまらないといった笑顔になっているのだから、俺は見間違いでもしたかと目を疑った。

「本当はね、もう少しユナちゃんの聞き分けが良くなったら、君との婚約は破棄しようと思っていたんだ」

果たしてそれは、俺に言っても良いことだったのか。

だが口約束から始まったユナとの婚約が、いつかは破棄されると予想できていたため、俺は「はぁ……」と曖昧に相槌を打つことしかできなかった。

「でも気が変わった。可愛いユナちゃんに嫌われないためにも、少し手助けしてあげよう」

彼はそう言って、少しだけ考え込むような仕草をしてから、大きく頷く。

「……ならノルディア君がいる時だけしか、冒険者ギルドに行ってはいけないというのはどうかな？　うん。良い考えかもしれない。もちろんノルディア君の予定が空いている時だけで良いから。護衛の青藍を手伝ってくれないかな。公爵家からの正式な依頼として報酬も渡そう。ほら、将来は騎士になりたいのだろう。護衛の仕方を学ぶ、いい機会になると思うよ」

それから怒涛《どとう》の勢いで話し始めた公爵。いつの間にか、当事者の俺自身にもわからないうちに話を受けたことになっていて。

「うん、じゃあノルディア君。大変だと思うけど、これからよろしくね」

断る暇もなく握らされた金貨と引き換えに、俺はユナのことを押し付けられていた。

対ユナ最強兵器、って何なんだ？

俺はアルセイユ公爵の言葉を疑問に思いつつ、ユナの元へと向かった。

「ユナ、冒険者ギルドに行ってんだってな」

「う、駄目ですの……？」

「いや、危ないことしねェなら良いと思うけどよ……。でも、冒険者ギルドに行く時に魔法を使って姿を変えてるよな？　ユナの歳でギルドに登録をしたり、依頼を受けたりしたらまずいってことは理解してんだろ」

「……はい、ですの」

「最悪、冒険者ギルドにユナの登録手続きをした奴の責任になる」

「ノルディア様の言う通りなのです」

俺の言葉に対して、「ごめんなさいですの」と素直に謝ったユナに、ヨルと青藍が目を見開いていた。

さしずめ、自分達が何を言っても止まらない暴走列車ことユナが、そんなに簡単に反省をするなんて……！　ってところか。

「……なんでギルドに行ってたんだ？」

「ノルディア様が普段やっていることを、私もやってみたかったのです。魔法をたくさん使って強くなれば、ノルディア様の役に立てると思ったのです……」

しょぼんと肩を落としてそんなことを言うユナに、俺は「もう冒険者ギルドには行くな」なんて、頼まれていても言えなかったかもしれない。

「……今度から、ギルドに行く時は誘え」

「でも、ノルディア様のご負担にはなれません……」

「目の届かねェところで怪我されるよりはマシだ」

「～ッ！　ノルディア様が優しすぎて、胸が痛いですの……。絶対に次からはノルディア様を誘いますの！」

そう宣言したユナの言葉に……青藍が安心しているのがわかる。

「さすがノルディア様です。ユナ様がこんなに素直に言うことをきいてくれるなんて。これで護衛が少し楽になりますね！」

感動したように言っているが、青藍はいつもユナにどれほど振り回されているのだろうか……

少し聞きたいような気もしたが、ユナが返事をしたというだけであれほど喜んでいた姿に、可哀想な気配がして聞くに聞けなかった。


「今日はよろしくお願いします。完璧に仕事をこなしましょう！」

翌日、ユナの屋敷を訪ねた俺に、青藍がにこやかに話しかけてきた。

屋敷から出て俺とユナ、青藍の三人で話しながら冒険者ギルドへと向かう。

「どの依頼を受けるんだ？」

「ノルディア様が普段受けているような仕事をやってみたいですの！」

「なら魔物狩りで……今の時期ならハーブウルフだな。数が増えてっから、今のうちに間引かねェと」

冒険者ギルドの壁に貼ってある依頼を眺めながら、俺は「ハーブウルフの討伐依頼」と書かれたものを剥がして取った。

ハーブウルフは名前の通り、ハーブ系の植物が魔物化したもので、狼の姿で人や動物を襲う生き物だ。一匹一匹の強さ自体は大したことはないが、群れで動く上に、増えすぎると他の植物を枯らしてしまう。

早急な対処が必要。かつ、危険度も高くない。

俺が普段行っている討伐系の依頼に、ユナを連れていくとしたら、このぐらいの依頼がちょうど良いだろう。

……それに、ハーブウルフの体は植物だ。つまり、斬っても血が流れない。

ユナが気にするかはわからないが、幼い子供にあまり悲惨な光景は見せない方が良いだろう。

「ノルディア様と一緒にお仕事をするの、楽しみですの！」

当の本人は、ただただ嬉しそうに笑っているけれど……

笑ったユナの頭に、俺はポンと手を置いた。

俺と約束をした日から、ユナは今まで一度も冒険者ギルドへ向かおうとはしなかったらしい。

ノルディア様との約束を破るなんて、絶対にできませんから！　……だそうだ。

そして今日は俺と一緒に、初めて冒険者ギルドの仕事をすることになった。

「約束覚えてるな？」

「はいですの！　無理をしない、魔力は必ず半分残して、怪我をしたらすぐに撤退ですの！」

「おう。ヨルもわかってるな」

「危ない時ハ、〈影移動〉《シャドウムーブ》で逃げル！」

しっかりと頷いたユナとヨルの姿に、青藍は心底安心したという表情で何度も頷いている。

今までどんな目に遭ってきたのだろう……

なんだか俺が申し訳ないような気持ちになってしまって、せめて任されたお目付け役はまっとうしようと心に誓いながら……懐から「魔寄せの香」を取り出した。

それを見た青藍は、サァと青ざめている。

「ノルディア様、その、それは……何をしようとお考えでしょう？」

魔寄せの香の効果は名前の通りで、火をつけて香りが漂っている間、近くにいる魔物を引き寄せるといったものだ。

青藍はその存在を知っていたらしいが……その様子が異常だった。ダラダラと冷や汗を流しているが、一体どうしたんだ？

「まさか、火をつけるなんてことはしないですよ……ね？」

「ん？　ああ、俺は魔法で獲物を探したりするのができないので、毎回これを使っているんです」

「いえ、私が聞きたいのはそういうことではなくて……」

「これなら魔物から集まってくるから、依頼を早く完了できますよ」

「さすがノルディア様！　時短テクニックですの！」

青藍の様子が若干おかしいが、一先ず俺は魔寄せの香に火をつけた。

途端に広がる甘い香りに、もう少し効果を強くしても良いかと魔寄せの香を手の平で扇《あお》いでいれば……

「……嘘でしょう。あはは、夢なのかも。夢……夢だったら良かったのに……」

……青藍が死んだ魚のような目で笑い始めた。

「魔寄せの香なんて、魔物の襲撃に見せかけて誰かを暗殺する時に使うようなアイテムですよ……それを普段使いする人がいたなんて……あはは、楽になるなんてやっぱり嘘だったんですね……」

なぜか青藍は、急に様子がおかしくなったが、ユナは平然としている。きっとそういうタイプの人なのだろう。

俺は気にしないでおくことにした。

魔寄せの香はあっという間に効果を発して、どこに潜んでいたのかと不思議になるほどの魔物を集めた。

「やっぱり魔寄せの香は楽で良いな!」

「確かにこちらから探して回るより楽ですの」

「オイラ、ユナと闇魔法使いたイ!」

グルル、と四方八方から狼の唸《うな》り声に囲まれる中、俺とユナとヨルはわくわくしてきた。

「……結局こうなるんですから」

青藍は諦めて懐に隠していた短剣を取り出し、ついでにその刃先に、布に含ませていたらしい毒薬を塗り付ける。

まず一匹、痺《しび》れを切らして飛び出してきた狼の殺気に反応し、飛び出した青藍がその首元を短剣で一撫でした。

狼の体を形成するハーブの蔓《つる》が、切りつけた箇所からジワリと紫色へと変色していく。

ハーブウルフはユナの元へ到達することもなく、グシャリと地面に落ちて、ピクピクと痙攣《けいれん》をしてから動かなくなった。

「やってやりますよ！　やればいいんでしょう！」

やけになったように叫んだ青藍は、そのまま短剣を構えて〈幻影《イリュージョン》〉の魔法で姿をくらます。

ハーブウルフ程度の魔力感知では違和感に気付くこともできないだろう。

ユナに近付こうとするハーブウルフは、ウルフ自身も気付かないうちに切り傷をつけられて、痛みに気が付いた時には毒で動けなくさせられていった。

「すげェな」

時折飛び出してくるハーブウルフが、青藍の短刀にやられてバタリバタリと地面に倒れていく様子を見ながら、俺は呟いた。

正面から戦えば防げるだろうが、魔法で姿を眩ました状態で、気配を殺して攻撃されたら気付きもしねェだろうな。

「……負けてらんねェな」

俺はユナから離れすぎないよう、近くに飛び出してきた獲物しか狙わない青藍の刃が届かない場所、遠くから威嚇《いかく》していたハーブウルフに向けて斬撃を飛ばす。

ハーブウルフの体は文字通りハーブでできており、倒した後の体から魔法薬の原料にもなるハーブを取ることができる。

なるべく体は傷つけないよう、次々に斬撃を放ってはハーブウルフの頭を落としていく俺に、青藍も「飛ぶ斬撃に凄まじいコントロール……」と感心したように呟いた。

不意打ちの攻撃が得意な青藍に対し、俺は正確かつ強力な剣技が強みだ。

万が一俺が青藍と敵対したとして、最初の一撃を防げば青藍の勝率は一気に落ちてしまうだろう。

ハーブウルフを切り裂いた際に、〈幻影《イリュージョン》〉の魔法が揺らいだ青藍と俺の視線が交わる。

……戦ってみたい。

そう思ったのは俺と青藍のどちらだったのか、あるいは両方か。

お互いに気を取られていた俺達は、背後で何やらヨルと話し合っていたユナの企みに気付かなかった。

◆　◇　◆

「ノルディア様も青藍も早いですの！　ヨル、私達も始めますの！」

「アイヨ！」

　ノルディア様と青藍が互いの実力を推し量っている間は大人しくしていましたが、とうとう我慢の限界です。腕に抱えたヨルに向かって声を掛けました。

　ふわりと猫の体を溶かしたヨルの闇を身に纏《まと》い、密かに準備をしていた魔力を放ちます。

「闇魔法〈闇の槍《ダークランス》〉」

　黒い手袋をつけたように漆黒に染まった指先を向けた先、まだまだたくさん集まってきているハーブウルフの影から、闇魔法で作られた槍《ランス》を生み出しては体を貫いていきます。

「木々が多くて闇がたくさん。ヨルと私の独擅場ですの！」

「オイラ達が一番多く狩ル！」

「一緒に頑張るのです！　闇魔法〈闇の槍《ダークランス》〉」

　ハーブウルフの影と、木々の影と。いたる所から生み出されるダークランスを、避けられる個体はほとんどいません。

　闇の多い空間では、ヨルの魔力感知がハーブウルフを見逃すはずもなくて、瞬く間にそこかしこからハーブウルフの悲鳴が上がります。

飛び出せば青藍に毒の刃で切られ、威嚇《いかく》をすればノルディア様の剣撃が飛んできて、姿を潜ませれば私の魔法により貫かれる状態。

風が吹いて魔寄せの香の匂いが薄れた瞬間、ハーブウルフはなぜこんな恐ろしい場所に来てしまったのだろうかと理性を取り戻したようです。

次の瞬間には、ハーブウルフはあまりの恐怖に耳をペタンと伏せて、私達の前から我先にと逃げ出しました。

「あ！　逃げてしまったのです！」

「逃げたのはそのままにしておけよ」

冒険者ギルドで受けた依頼の規定数を軽々超えるくらいには、ハーブウルフを狩り終えたようです。

これ以上ハーブウルフを減らせば、魔法薬が必要になった時に困る上に、生態系にも影響を与えてしまうでしょう。

追い打ちで闇魔法を使いかける私に声を掛けたノルディア様は、剣を納めて倒したハーブウルフの討伐部位の回収を始めました。

「ノルディア様、何をしているのです？」

「依頼達成の証拠に牙が必要なんだ。あと胴に咲いてる花は魔法薬になるから、持って帰って売ったりもできる」

「私もやりますの！」

「オイラも手伝ウ！」

「おう。牙は硬いから、花を頼んでもいいか？」

「はいですの！」

「毒が回ってる奴は弾けよ。冒険者ギルドの方でも見るとは思うけどよ、混ざったまま薬になったら危ねぇからな」

「任せロ！　ユナ、どっちが多く採れるか勝負ダ！」

「望むところですの……って、ヨル！　魔法は使用禁止ですの！」

元気よく返事をして私とヨルは、二人で楽しく花を摘み始めました。

あれほどあった魔物の気配も今は全くありません。

しばらくは安全だろうと判断したノルディア様は、再びハーブウルフの牙に手を伸ばして牙の回収作業に戻りました。

「……すみません。毒を使わない方が良かったですね」

「青藍様は護衛が仕事ですから、気にしないでください」

ノルディア様がなかなか硬い牙に苦戦をしていれば、居心地の悪そうな表情の青藍がナイフを貸したようです。

ありがたく受け取って牙に突き立てたノルディア様に、青藍は「私もやります」と告げて別のハーブウルフの牙にナイフを突き立てています。

「ありがとうございます」

「……ノルディア様、私に敬語を使う必要はありませんよ」

「だったら青藍様も、俺のことを様なんて付けて呼ぶ必要はないですよ」

「いえ、ノルディア様はユナ様のご婚約者様ですから」

「それを言うなら俺だって、公爵家に雇われている方に気軽な口を聞けるような身分ではないですよ」

なんとなく二人が気まずそうなのは、お互いに距離感や実力、信頼に値する人間かどうか見極めている最中だからで。

「あー！　青藍がノルディア様と楽しそうにしていますの！」

しかしそんな空気も、花を摘んでいた私が慌てた様子で割り込めば、あっという間に拡散してしまいました。

「うう、ノルディア様は譲れないのです……」

きょとんと瞬きをしたノルディア様と青藍は、私が何を心配しているのか気が付いて、同時に噴き出しました。

「心配すんなよ。別にそういう会話じゃねェよ。な、青藍さん」

「そうですね、ノルディアさん」

ほんの少し砕けた口調で話をする二人に、私が「やっぱり仲良くなっていますの！」と騒いだおかげで、ハーブウルフの素材集めは途中から難航を極めました。

「……なんデ、オイラ以外遊んでル？」

「ヨルー！　ノルディア様が！　ノルディア様と青藍が、私抜きで仲良しになっているのです！」

「だから違うって言ってんだろ」

「そうですよ、ユナ様。ノルディアさんに手を出すなんて、そんな恐ろしいことできませんよ！」

「ノルディア様に魅力がないと⁉」

「違いますって！」

結局、ヨルの活躍によって牙と花をなんとか集め終わりました。

ハーブウルフを倒すよりも話を聞かない私の機嫌を直す方が大変だったと、後で青藍に呆れた様子で言われました。

「依頼終わっタ？　帰るなラ、〈影移動《シャドウムーブ》〉使ウ？」

「……すぐに終わらせるから、もう一か所寄っても良いか？」

「もちろんですの！」

依頼も無事に完了し、帰ろうかというタイミングでノルディア様が言い出せば、もちろん断るという選択肢はありません。

「近くに小せェ村があるんだけどよ、この時期はいつもハーブウルフの被害に遭って酷いことになってんだよ」

ノルディア様が案内してくれた先にあったのは、小さな村でした。

十数軒程度の家が密集し、お店も一軒だけしかない小さな村に住む人々は、ノルディア様の姿を見つけると歓声を上げて集まってきます。

「ノルディア君だ！　皆、ノルディア君が来てくれたよ！」

「今年も来てくれたのか！」

「じゃあもう、お外で遊んでもいいの⁉」

杖を突いたおじいちゃんから子供まで皆やってきて、ノルディア様の近くに立っていた私も一緒に囲まれてしまいました。

私よりも遥かに高い背丈の人々に、逃げる間もなく包囲されてしまって。踏み潰されないようにノルディア様の膝にしがみつきます。

ヨルがいるから最悪守ってもらえるとわかっていても、間近に迫る大量の大きな足がちょっと怖いです！

ぎゅっとノルディア様の服を掴んでいましたが、不意にノルディア様の腕に攫《さら》われて、気が付いたらノルディア様の腕の中にいました。

「今年も来るって言ってただろ。多めに狩っておいたから、しばらくは大丈夫じゃねェか」

「報酬もそんなに出せてないのに、毎年悪いね」

「ハーブウルフの花は高く売れるから心配すんなって。来年も忘れねェで来るから」

ノルディア様は平然と、私を胸の中に抱えたまま会話を続ける。

恐らく私を助けたのは無意識なのでしょう。

そんなところが私は好きなのですが、今はその優しさにキュンとする余裕がなく。

……私はノルディア様に抱えられているおかげで顔が見えないのを良いことに、ある一点を注視していました。

ノルディア様が汗をかいています！

ノルディア様の汗、すごくいい匂いです！　取っておきたいです！

……何度か抱っこは体験しているため少しは慣れてきていますが、いつもとは違って戦闘後のノルディア様の体は汗をかいています。

服の隙間から見える、首筋をツゥと流れる汗が男らしくて格好良くて。

ノルディア様が大好きすぎる私にとっては刺激が強すぎます。

「そうだ。今日はこいつらがいたから、回復薬もほとんど使ってねェんだ。ハーブウルフにやられた奴がいるなら使ってやれよ」

「ありがとう。お礼にもならないけど、良かったら干し肉でも持って帰ってくれよ」

「ここの干し肉うめェんだよな」

ノルディア様がポケットの中から回復薬を取ろうと身動《みじろ》ぎをしました。

その拍子に抱えられていた私の体もぐらりと揺れて、魔性の魅力に溢れるノルディア様の首筋から、ようやく顔を上げることができました。

「……うわぁ！　すごい可愛い！　お姫様みたい！」

途端に、村の子供が頬を染めながら褒めてくれました。

「ねぇ、僕と一緒にあっちで遊ぼうよ！」と腕を引っ張られて、ノルディア様を見てしまいます。

「行ってくるか？」

「ノルディア様は妬いてくれないのです？」

「ユナが俺以外に惚れるなら妬いてやるよ」

「……うう、その返しは狡いですの。ノルディア様より格好良い人なんていないのです」

にやりと笑って躱《かわ》されてしまいましたけれど、そんな顔すらご褒美でしかありません。

「ごめんなさい。今はノルディア様を満喫するのに忙しいのです」と丁寧かつ謎の理由で断った私に、村の子供はがっくりと肩を落としました。

「確かに別嬪《べっぴん》さんだ！」

「ノルディア君が好きなの？　本当にいい子よね」

「毎年数が多くて厄介なハーブウルフの討伐依頼を受けてくれるお人好しなんて、コイツぐらいなんだよ」

村の大人達は、今のやり取りで私とノルディア様の仲を感じ取ったのか、口々にノルディア様のことを褒めて伝えてくれます。

「でも良かった。ノルディア君はいつも一人で依頼をこなしていたから、心配していたんだ」

「可愛いお嬢ちゃんもノルディア君みたいに強いのかい？　もし良かったら来年も、一緒に来てくれよ。お菓子を用意しておくから」

ノルディア様と私の歳は、友達というには離れすぎていて、兄妹だというには、色彩も顔つきも、似ているところが少ないのです。

関係性のわかりにくいノルディア様と私のことを、それでも村の方々は深く追及せずに受け入れてくれました。

「ハーブウルフのせいで、ここがなくなるのは惜しいだろ？」

「良いところですの。ノルディア様のことを、本当に大切に思ってくれているのですね」

「どういう判断基準だ」

「ノルディア様は優しくて誠実な方ですの。それを知っていて、ノルディア様に優しさを返してくれているこの村が、私は好きですの」

ノルディア様を見る村人の優しい眼差しに、私まで嬉しくなってしまいます。

「怪我をしている方がいるなら、〈回復《ヒール》〉の魔法で治してさしあげるのです！」

〈飛行《フライ》〉の魔法を使ってノルディア様の腕から下りようとした私の腕は、一瞬引き止められましたが、すぐに離されました。

「こんなに小さいのに、〈回復《ヒール》〉の魔法が使えるなんてすごいなぁ」

「魔法で空を飛べる人だって初めて見たよ」

「お礼に食べ物くらいしか渡せないけど、本当に助けてくれるの？」

「良いのです！　その代わりにノルディア様の格好良い活躍のお話などがあれば、聞かせていただきたいのです！」

焦った様子のノルディア様に気が付かず、私は「行ってきますの！」と村人と一緒に行くことにしました。

◆◇◆

俺は駆けていくユナを思わず引き止めようとした。

「……妬かないんじゃないんですか？」

「妬いてねェよ」

「絶対妬いていましたよね。ユナ様に伝えたら喜びますよ」

「……黙っておいてくれ」

「ユナ様の機嫌を取る時までは秘密にしてあげます」

ただ、青藍にはばっちりと見られていて、非常に気まずい思いをしたけれど。

第六章　攻略対象その一は苦労する

「やはりあなたの婚約者は、ホワイトリーフの御令嬢にするべきよ。ねぇ、そう思うでしょう」

僕、フェリスは自分の母親であるマリベル・ユーフォルビア……つまりはこの国の王妃からの問いかけに、首を振る。

もちろん向きは縦ではなく横だ。

「あぁ、なんであなたまで言うことを聞かないのかしら。影からの報告だと、ホワイトリーフの御令嬢は精霊と契約をしているのよ。あなたが将来、王となるのに、必ず役に立つの。あのリディナの娘というところが少し気に食わないけれど、でもこの際そこは仕方ないわ」

僕の回答を聞いた母上は、しかし考えを変えることはない。苛立ったように、手に持っていた扇をパシパシと手の平に打つ。

僕の意見は結局、母上の考えに影響を与えることなんてできない。

ならばなぜ聞いてくるのかと思うが、恐らく同意が欲しいだけなのだろう。

「僕は……婚約を望んでいません」

「なんでそんなことを言うの？　あなただって最初は頷いていたじゃない」

「婚約者がいると知らなかったので……」

「まだ婚約者ではありません！　陛下が承諾をしていないのですから！　そうよ、まだ婚約者なんていないの！　それに相手は平民だと言うじゃない。そんなものよりあなたと婚約をする方が、公爵家にも都合が良いはずよ。そう、そうよ」

一人で結論を出した母上は、「次の婚約者選定の茶会に、件《くだん》の御令嬢も呼びますから。ちゃんと話をして、相性が良いと周囲に見せつけなさい」と一方的に告げて、僕を置いて去っていってしまった。

ホワイトリーフの御令嬢は噂によると、妖精姫と呼ばれていた公爵夫人と同じくらい可愛い見目をしているらしい。

その上、数が減って希少な存在になっている精霊と契約をしているとのことで、母上はどうしても僕と婚約をさせてその存在を手中に収めたいらしい。

ただ……ホワイトリーフ公爵家は、御令嬢と平民の婚約を、父である国王に報告しているらしい。

ならば僕との婚約は無理ではないかと思うのだが、父上がいまだその婚約報告を承認していないため、母上の実力行使を止められる人間がいない。

「ノルディアに会いたいな。……ついでにユナにも」

今まで放っておかれてばかりだった僕は、構われることが嬉しい反面、自分の話を聞かずに強引に突き進む母上に少し疲れていた。

暗殺の主犯であるミルフィがいまだ捕まっていないこともあり、外出をしたいと告げても断られることが多い。

ノルディアと最後に会ったのも、もう半年以上は前だった。

『会いたいと言われて嫌う人はいませんの』

『そんぐらいで嫌わねェよ』

あの二人は僕を王子としてではなく、フェリス自身として見てくれる気がする。

また会いに行ったら、前と同じように接してくれるか不安だけど。それでも僕は彼らに会いたい。

……その願いは、思いもよらない形で叶った……

「初めまして、ユナ・ホワイトリーフですの」

母上によって強引に開催させられた茶会の席に、いかにも「不満でたまらない」といった表情で現れたユナに、僕はぽかんと口を開いてしまう。

「初めまして、ですの。フェリス王子」

「は、じめまして？」

ユナの目力と有無を言わせない口調に、恐らく求められたであろう返答をすれば、ひとまずは笑みを浮かべて席に座ってくれた。

同じく茶会に招かれた令嬢の挨拶を聞きながら、僕は酷く混乱していた。

ノルディアと一緒に、僕の命を救ってくれたユナがなんでここに？

ユナ・ホワイトリーフと名乗っていたけれど、ユナがホワイトリーフ公爵の娘なのか？

まさか……ノルディアの齧《かじ》ったパンを食べて喜ぶようなユナが、ホワイトリーフ公爵家の御令嬢だなんて、そんな馬鹿な。

呆《ほう》けてユナを見つめていたが、ユナはノルディアと一緒にいる時の暴走が嘘のように、テーブルに視線を落として静々と座っている。

そうしていると確かに妖精と言われるのも納得の可愛さだが、僕の記憶には、ノルディアといる時のデロッデロにとろけきったユナの姿がバッチリと残っている。

『あんまり見ないでほしいのです』

「……やっぱり覚えてるじゃないか！」

もしかして他の人で、ただ似ているだけだったのかも……と考えていた僕は、脳内に直接響いたユナの声に、ガタリと椅子を蹴って立ち上がる。

「……フェリス？　何をしているのですか」

集まった視線は奇妙なものを見るかのようで、母上に咎《とが》められてしまった。

僕は「失礼しました」と謝り座り直した。

……一連の流れを作ったユナは、素知らぬ顔で座り続けていたけれど。

『念話……思考をするだけで会話ができる魔法を使っているのです』

『そういうのは早く言え！』

『聞かれなかったのです。それよりも、あんまり私のことを見ないでほしいのです』

『なんでだ？』

『王妃様が見ているのです。前からの知り合いなんて言ったら、あっという間にフェリス王子の婚約者にされてしまうのです』

『……それは悪い』

ユナから指摘をされた僕は、母上へ視線を向けた。確かにユナに視線を送る僕を、母上は小さく頷きながら満足そうに見つめている。

今にも「やっぱりホワイトリーフの御令嬢が、フェリスの婚約者としてふさわしいわね」なんて言い出しそうな母上の様子に、僕は慌ててユナから視線を逸らした。

『ほんっっっとうに厄介ですの！　もう帰りたいのです！』

ユナは今日のお茶会が相当不満らしく、大人しく座りながらも念話で怒りを爆発させていた。

自分の母親を厄介扱いされたけれど、最近の言動で一番振り回されている被害者もまた自分なため、思わず頷きかけてしまった。

『……もうフィーって呼ばないのか？』

『そんな風に呼んだら、婚約者を通り越して、結婚させられてしまいそうですの』

『確かに……』

『念話の時だけ、フィーと呼びますの』

半年ぶりのユナは相変わらずで、『あーあ、ノルディア様のところに行きたかったのです』なんて言い出すものだから、僕はユナから視線を外したまま口角を上げる。

僕の向かいの席に座る令嬢が、自分に笑いかけられているのだと思い、顔を真っ赤に染めて俯いた。

はからずもユナではなく別の令嬢と良い雰囲気になりかけている状況に、慌てたのは母上だった。

「皆さんはどんなご趣味をされているのかしら？」

「は、はい！　私は刺繍《ししゅう》をしています」

「私は観劇が……」

「読書が好きで……」

空気を変えようと発せられた母上の質問を皮切りに、招待されている御令嬢達が次々と口を開いていく。

ぼんやりとそれを聞き流しながら、僕はようやくあのユナがホワイトリーフ公爵家の令嬢なのだと実感し始めていた。

視線をテーブルに落としてお茶を飲む姿は、この場にいる誰よりも可憐で。

会話にはほとんど参加しないものの、背筋をピンと伸ばして座る姿は、妖精のようだと噂が立つのも納得してしまうほどに整っている。

『ノルディア様は授業中のようですの。集中しているノルディア様も格好良いのです』

……僕も、脳内に直接響く声さえなければ、ユナの外見をただ可愛いと思っていられただろう。

『さっきから何をしているんだ？』

『魔法でノルディア様の様子を見ていますの。……まさかフィーも見たいのです⁉』

『なんだ、その魔法は。ノルディアに迷惑を掛けるなよ』

『さ、さすがにお風呂やトイレの時は見ていないのです』

『そういうことじゃない！　うっすら顔を赤くするな！』

脳内にユナの声が聞こえると言うだけで、恥ずかしそうに頬をピンク色に染める可憐な妖精姫が、残念な変態に見えるのだから大したものだ。

『まさか、婚約者の平民って……』

『聞きたいのですか⁉』

『いや、もうわかったからいい』

『ノルディア様と婚約をしたのです！』

『いいって言っただろ！』

『私がノルディア様の婚約者ですの！』

『なんで二回も言うんだよ！』

『嬉しいから聞いてほしかったのです！』

チラリとユナを見てみれば、身に纏《まと》うのは淡いピンク色のドレス。頭に着けたリボンや、イヤリング、靴に至るまでの小物は全て赤……つまり、ノルディアの瞳の色だった。

仲の良い婚約者の男女が、お互いの瞳や髪の色を身に纏《まと》うことはあるらしいが、なるほど。見せられている側としては、執着の強さを突きつけられる気分になるらしい。

僕はまた一つ賢くなった。

「フェリス、もっとお話ししてみたい方はいたかしら？」

不意に母上に話しかけられ、ユナを見つめていた僕は「やってしまった」と後悔した。その場に座っていた皆の視線が僕に集まり、僕の視線がどこに向いていたのか見られてしまった。

僕がユナを気になっていると思われたかもしれない。

「……皆さんと話してみたいです。まだお茶菓子も食べていないので」

「あら、照れなくても良いのよ？」

「照れている訳では……」

「……………………」

にっこりと笑いながら、「ホワイトリーフの御令嬢が良いと言いなさい」と無言の圧をかける母上と。

言葉を発さず目線もテーブルに落としたまま、それなのになぜか「こっちに話を振らないでほしいのです」というオーラが漂うユナに挟まれて、僕は必死に状況を打破する方法を考えることになってしまった。

元々ホワイトリーフ公爵家の御令嬢との婚約なんて、乗り気ではなかった僕だけれど、まさかその御令嬢とやらがユナならば話は別である。

……だって、あのユナだ。

僕もノルディアを気に入っているが、同性である僕が懐いただけで「ノルディアは譲らない」と言い出すようなユナだ。

僕は乗り気ではないなんてレベルではなく、絶対に婚約なんてしたくない。

どうにかして、場の空気を変えたくて。

「お茶菓子……あの、もし良かったら、私の領地で名産になっているメープルで作ったお菓子を食べませんか？」

蜂蜜のような髪色をした御令嬢……確か辺境伯の次女だったと思うが、彼女が差し出したメープルのたっぷりとかかったケーキに、僕はチャンスだと手を伸ばした。

「抱えの料理人に手伝ってもらって、恥ずかしながら手作りいたしました。フェリス王子に召し上がってもらいたくて……」

緊張で顔を赤く染めてフィーを見つめる女の子のセリフに、なんとなく喉に小骨の引っかかったような違和感を覚えます。

◆
◇
◆

フィーって手作りのお菓子を食べるのでしょうか？

乙女ゲームである『君紡《きみつむ》』の中の攻略対象、フェリス・ユーフォルビアは、確か手作りのものを食べることができなかったはずです。

護衛のノルディア様が毒見をしたものしか口に入れられず、ノルディア様を危険に晒《さら》すなんて！　と怒りながらも、それを利用して「フェリス王子にお菓子をプレゼントする」の選択をして、ノルディア様のお菓子を食べるシーンを見まくった私が言うので間違いないのです！

とっても甘い砂糖菓子を嫌そうに食べるノルディア様に、可愛いマシュマロを摘んで食べるノルディア様に、甘さ控えめのチョコレートケーキを少しだけ嬉しそうに食べるノルディア様。

ノルディア様の好みを知ろうとプレゼントをしすぎて、フェリス王子ルートになった結果、「君の作ったものなら警戒をする必要もないな」とノルディア様の毒見シーンがカットされる罠です……

……でも、なんで『君紡《きみつむ》』の中のフェリス・ユーフォルビアは手作りのお菓子を食べられないのに、フィーは食べられるのです??

果たしてその答えに辿り着くよりも、フィーがメープルケーキを口にする方が早くて。

一口分減ったケーキが、フィーの手から落ちて机に転がりました。

「……あまりに美味しいから……びっくりして、落としてしまい……ました」

「……フィー？」

フィーはケーキを落としたことに笑って言いましたけれど、その顔はつい先ほどより血の気が引いている気がして、思わず名前を呼んでしまいます。

幸い他の皆もフィーを見つめていて、気が付いたのは当の本人のフィーだけのようでしたけれど。

『ヨル。フィーがどうしたのかわかりますの？』

『菓子ニ、毒でも入ってたのかモ……』

影に隠れてもらっていたヨルに念話で尋ねれば、自信なさげにそう言います。

毒を盛られた経験があれば、警戒をするのは当然です！

むしろ、なんで私はその可能性を思いつかなかったのです！

……実際のところ、私がノルディア様以外のルートもしっかりとやり込んでいれば、ちゃんと乙女ゲームのストーリーで知ることができていた情報でしたが、ほとんどノルディア様ルートしかやっていません。

今にも倒れそうな顔をしているフィーに駆け寄ろうとして、他でもない彼によって止められてしまいます。

「失礼……メイドに片付けてもらうので……」

立ち上がりかけた私へと向けられる制止の手は、微かに震えていて。けれど、フィーは私に『近寄るな』と訴えかけていました。

『毒ですの？　すぐに〈回復《ヒール》〉をかけますの！』

『良い。母上に見られたら僕と婚約させられる』

『今はそんな場合じゃないのです！』

『駄目だ。僕のせいで……ノルディアとの婚約が流れたら……二人は初めてできた友達なんだよ』

念話でそう伝えたフィーは、今にも泣いてしまいそうに顔を歪ませていました。

思わず、ガタンと音を立てて立ち上がってしまいます。

今までずっと黙っていた私が突然動いたことに、周りの人達が驚いたように視線を向けてきますが……今はそんなことを気にしている場合ではありません。

いまだ念話で『来るな』と騒ぐフィーを無視して、やたら大きいテーブルをぐるっと回って、フィーのところに向かいます。

「フェリス王子、良かったら私とあちらでお話ししましょう」

返答も聞かずにフィーの腕を掴んで……なかなかの重労働だったので、無詠唱でこっそりと〈身体強化《ブースト》〉の魔法を使いました。

「……大丈夫だから」

掴んだ手を押しのけようとするフィーの手には力が入っていなくて、毒が回ってきているのだとわかります。

大丈夫なはずがないのに意地を張るフィーの腕を、問答無用で引っ張って。

「フェリス王子とどうしてもお話をしたいのです。え、フェリス王子も私とお話がしたかったのです？　奇遇ですの！」

フィーが何も返事をしていないにもかかわらず、むしろそれを他の皆も見ているにもかかわらず、私はフィーを文字通り引きずっていきます。

本来ならば、私よりも立場の偉い王妃が止めるところですが、王妃はなぜか嬉々として言ってきました。

「え、ええ。二人で話してきなさい」

「ありがとうございます！　ではフェリス王子、行きますの！」


「ここまで来れば誰も見ていないのです」

お茶会の会場だった中庭を離れて花畑の一角に潜り込んで、芝の生えた地面に直接フィーを寝転がします。

青白い顔のフィーに、急いで〈回復《ヒール》〉の呪文を唱えました。

草まみれになって戻って、なんて言い訳すればいいんだ……とでも言いたそうに私を睨んできましたが、もはやそれを口にする気力もないほど、毒にやられていて。

目を開けているだけでも辛そうなフィー。私が施したキラキラと光る魔法が、フィーの状態を少しずつ治していきます。

「……なんで毒が入っていると言わなかったのです」

フィーがようやく言葉を紡げるようになった頃、私はちょっと怒りながら聞きました。

毒を盛られたとすぐに言えば、治療もすぐに受けることができて、ここまで苦しい思いをしなくて済んだのに……

「あのケーキを持ってきてくれた子だけど、多分毒って知らなかったんじゃないかと思って」

「……なんでですの」

「僕に渡してきたケーキ、他のより少し大きかった。それに、食べた時に〝お口に合いますか〟って、笑ってたから」

「どういう意味ですの？」

「誰かに喜びますよって言われて、利用されたと思ったんだ。僕がミルフィに騙されたみたいに」

「あの時はノルディアとユナに助けられたから、僕もあの子を助けようかと思って」と告げるフィーは、ようやく毒が抜けてきたようで、いまだ青白い顔をしたまま起き上がります。

「馬鹿ですの」と、うっかり呟いてしまいました。

「私とノルディア様は、助けられると思ったから助けただけですの。フィーが自分を危険に晒《さら》してまで誰かを救っても、ノルディア様は喜ばないのです」

「悪かった、覚えておく」

無茶な行動をしたフィーに怒ってしまいました。

フィーは苦笑しつつ、答えます。

「はぁ、それにしてもどうするかな。母上は僕とユナの婚約を進めたくて仕方ないらしいぞ」

気分の悪さもなくなって、フィーは風に吹かれて揺れる花々を眺めながら、困り果てて呟いています。

「ノルディア様と離されるくらいなら、国を滅ぼした方がマシですの」

隣に座って笑って言いましたが、フィーはさらに眉を顰《ひそ》めました。

「戻りたくない……」

「仕方ないのです」

「……何が？」

「だって友達が苦しんでいたら、ノルディア様なら絶対に手を貸しますの。ノルディア様の友達で、私の友達でもあるフィーを助けない訳にはいかないのです」

そう告げれば、フィーはキョトンとして……え、もしかしてですが、フィーは私のことを友達だと思っていないのでしょうか？

「フィーがさっき言っていたのです！　手の平返しがすごいのです⁉」

「……ユナも、僕のことを友達だと思っているのか？」

「え、違うのです？」

二人揃ってキョトンとして顔を見合わせて、それから同時に笑ってしまいました。

もしも他の誰かに見られてしまったら、それこそ仲の良い婚約者のように見えるかもしないです。

「……まぁ、最優先事項はノルディア様ですが、フィーも友達として大事ですの」

「僕もノルディアの方が好きだけど、ユナもその次くらいに好きだぞ」

「ノルディア様は私の婚約者なので渡さないのです！」

……実際の会話を聞けば、婚約者というより仲の良いライバルのようで、首を傾げそうになるのですけど。

◆◇◆

「戻りました」

「あら、早かったわね。もっとゆっくりしてきても良かったのよ」

お茶会の会場に戻った僕とユナに待ち受けていたのは、勝利を確信している母上の笑みだった。

「やっぱりホワイトリーフ公爵家の御令嬢が、フェリスの婚約者にふさわしいわ」なんて、今にも言い出しそうな母上を前に、僕はゴクリと生唾を呑み込む。

『大丈夫ですの。私がノルディア様との幸せな生活を壊されるかもしれないのに、なんの対策もしないで来ていると思っているのです?』

二人きりの時にユナがそう言ったから、それならばと戻ってきてしまった僕だったが、やはり失敗だったかもしれない。

ユナをちらりと見れば、澄ましたような微笑みを浮かべていて。

一見大人しそうな令嬢に見えるのだが、本性を知っている僕からしたら「つまらなくて仕方ないですの」と顔に書いてあるように感じた。

「いえ、せっかくのお茶会ですから、他の方ともお話ししておきたくて……」

余裕そうなユナを見て、少しだけ落ち着いてそう言う。

母上と……それからお茶会に来ている御令嬢に向けて、「ユナだけを気に入った訳ではない」とアピールをしながら席に戻れば、母上の座っている方向からミシリと音が鳴った。

恐らくは握りしめた扇が悲鳴を上げているのではないかと思ったが、僕は母上と目を合わせたくなくて、確認することはできなかった。

「……まぁ、良いわ。二人きりで仲良く何を話してきたの？」

予想されていた質問に、まさか「解毒をしてもらっていました」なんて返す訳にもいかず。僕はユナと事前に話し合って、用意しておいた答えを口にした。

「ユナ嬢とは、最近契約をしたという精霊の話を。それから、精霊と契約をする際に助けてくれたという、彼女の恩人の話を聞かせてもらいました」

「精霊との契約を行った報告が遅くなってしまったこと、お詫び申し上げますの。こちらは闇の精霊のヨルですの」

僕の言葉を肯定するように、ユナの影から猫の形になったヨルが現れる。

トンと地面を蹴って宙に浮かび上がり、一瞬空中で留まってからユナの膝の上に収まったヨルは、精霊に詳しくない令嬢達にも唯の黒猫ではないと一目でわかった。

母上もまた、しっかりとした実体を持つ精霊を見るのは初めてのようだった。

ユナの言葉に、母上も含めて周囲の人間が騒《ざわ》めき立つ。

精霊との契約。その偉業を成し遂げているのは現状、ルーファス・ラベントだけである。

しかし、彼の精霊もふわふわと揺らぐような光のような存在だ。

黒い毛皮に、黒い瞳。どこまでも黒一色の猫は、どこか知性的で、普通の動物や魔物とはかけ離れているように見えた。

ルーファスの前例を見る限り、精霊という存在は、契約者の力を何倍にも増幅させるということは間違いない。

……のだが……母上は、ユナの言葉に「闇の精霊?」と眉を顰《ひそ》めた。

闇の精霊は不幸を呼ぶともいわれる精霊で、他の属性の精霊ならともかく、闇の精霊が何をできるのかもよくわからない。

役に立つ精霊なのかしら、と母上は思っているようだ。そんな母上の表情を、ヨルはじっと見つめていた。

黒一色の体のおかげで、ヨルの視線はどこに向いているのかわかりにくい。そのため、ヨルが母上の反応に苛立っているのはわかり辛いものとなっていた。

それが良いことだったのか、悪いことだったのか。

しかし、ヨルの苛立ちは、令嬢の数人が「わぁ」と小さな歓声を上げたことで、解消された。

「し、失礼しました! 闇の精霊とその契約者の方のお話を、最近はやりの劇で見たばかりで。つい感激してしまって」

集まった視線の中、慌てて謝るのは、観劇が好きだと言っていた令嬢だった。

「さっきもお友達と話題にしていたところなのです。一人は寂しいと泣く闇の精霊がいじらしくて。お姫様が手を差し伸べるシーンで、思わず泣いてしまうほど、本当に素敵な劇でしたの」

「そう言ってもらえると、嬉しいのです」

「え？」

「あれはホワイトリーフ公爵家が監修している物語ですの。素敵と言ってもらえて嬉しいのです。実はあの劇は、私の体験談がもとになっているのです」

目を輝かせて語っていた令嬢は、本当に劇が好きなのだろう。ユナが話を振ると、途端に食いついてきた。

掴みはバッチリで。後は、ユナのペースで話を続けるだけだった。

「本当ですか⁉」

「ええ。その証拠に、劇のお姫様が契約をした精霊はヨルをモデルにしているので、黒猫の姿だったはずですの」

「ええ、ええ！　本当に、劇の通りに可愛らしい精霊様ですわ！」

褒められたヨルは、不機嫌だったことも忘れて誇らしげになっていく。

……心なしか、普段よりもきゅるんとした顔を作っているような気がする。

「で、では……劇の中でお姫様を助ける騎士の方も……？」

「キャア」と黄色い声を上げた令嬢に、掴みはバッチリだった。

「黒猫を連れた銀髪の少女に騎士なんて、最近噂になっている救世主みたいですわ」

「私も使用人から聞きました！　魔物の被害が多くなった場所に現れて、助けてくれる方々ですよね」

「私も聞いたことがあります。なんでも凄腕の冒険者だとか」

「……それも恐らくは私かと。恩人の彼《か》の人が人助けを率先して行う素晴らしい方なので、私もヨルに力を借りて、微力ながらお手伝いをさせていただいておりますの」


城下街ではやっている劇の内容や噂話を、母上はくだらないものと一蹴していて耳にしていなかったようだ。

そのため、令嬢達が何を話しているのか理解できず、ようやく話を把握した頃には、流れはすっかりユナに握られた後だった。


「私の命も救ってくれた恩人に感謝をして、婚約の話も出ていますの」

祝福ムードの場の中で、ユナをフェリスの婚約者へ……という流れをいまさら作るのは不可能に近いだろう。


それどころか、別の人物との間に出ている婚約の話までされてしまって。

これだけの令嬢達の前で美談を話されて、恩人とやらの平民との婚約を王家が認めなかったと知られてしまえば、王家の評判にも影響が出る。それがわからない母上ではなかった。

劇を流行らせて、人助けを行い、さらにそれを噂話で広める。

ホワイトリーフ公爵家は、一体どれほどの準備を行ってきたのか。

それらの武器全てで、王家に婚約を認めさせる（とどめを刺す）ために今日のお茶会にやってきたのか。

『うふふ。想い人を射止めるためには、外堀を埋めることも大事ですよ』

そのセリフは、数年前にアルセイユ公爵を取り合って敗れた時に、ユナの母であるリディナ夫人が母上に告げたものだった。

「街で人攫《ひとさら》いに遭いかけた時に、助けてくれたことが出会いのきっかけですの。その人がいなければ、ヨルとも契約をできなかったのです」

恩人の彼がどれほど素晴らしい人なのかを語るユナを、母上は扇で表情を隠しながら睨みつけている。

視界の端で、母上の侍女がこっそりとテーブルから離れていくのが見えた。

恐らくは、国王である父上……イヴァン・ユーフォルビアへ、お茶会で起こっていることの報告をしに行ったのだろう。

戻ってきた侍女は、「ユナ・ホワイトリーフ様、国王様がお呼びです。婚約の件でお話があるとのことなので、ご一緒にお越しください」とユナに告げた。

「きっと婚約をお認めになるのよ」

「すごいわ。劇と一緒よ。お屋敷に帰ったら、皆にも教えてあげないと」

色めき立つ茶会の会場で、ユナは「すぐに向かいます。お茶会の途中ですが、失礼いたしますの」と立ち上がった。

「……イヴァン様はなんと?」

「私の口からは……」

パチンと扇をたたみ、尋ねた母上に侍女は口ごもって父上の返事を伝えない。

頑《かたく》なに視線を合わせようとしない侍女の様子に、父上がユナに何を話そうとしているのか、母上にはわかってしまった。

立ち去るユナの背中を睨みつけた母上の手の中で、握りしめた扇がボキリと音を立てて二つに割れる。

「……今日はこの辺りでお開きとします」

近くにいる執事に、帰りの馬車を用意させるよう告げた母上は、ユナの向かった先……

国王への謁見室《えっけんしつ》へと向かっていった。

「……ユナ・ホワイトリーフと、ノルディア・カモミツレとの婚約を認める。承諾が遅くなった故に直接伝えたが、公爵家にも追って正式な知らせをしよう」

ユナを追いかける母上に、嫌な予感がした僕は、こっそりと母上の後を追いかけていた。

もう少しで謁見室《えっけんしつ》に着くという頃、中から父である国王の声が聞こえた。

隠れてそれを聞きながら、良かった……と思う。

母上は僕とユナの婚約を進めたかったようだけど、僕にとっては、ユナとノルディアが幸せな方が嬉しかったから。

「いけません！」

しかし、僕よりも先を歩いていた母上は、大きな声でそんなことを言いながら、扉を思い切り開いて中へと入っていってしまう。

「精霊の契約者は国にとって大事な存在です！　まして、ホワイトリーフ公爵家は有力貴族。現状でホワイトリーフ家よりも発言権のある家はありません！　国をまとめ上げるためにも、彼女はフェリスと婚約を行うべきかと！」

止めようと向かいかけた僕は、母上の言葉に足を止める。

実を言うと、どうして母上がそうまでしてユナと婚約をさせたいのか、よくわかっていなかった。

隠れて言葉を聞いて、母上が国のためを思い、行動していたのだとようやくわかったのだ。

「マリベル？　なぜここに……。まあいい。君の考えも理解はできよう」

「でしたら……」

「だが、精霊は国を守るための存在ではない。精霊は契約者を守る存在だ」

「で、ですが我が国の精霊使いは、戦争があれば毎回呼びつけるではありませんか！」

「我が国の矛《ほこ》であり、盾でもあるルーファスもまた、自らの意思で国民を守ろうとしてくれている。その意思に精霊が従っているにすぎない。彼が国を守ることを厭《いと》えば、精霊は国を守ってはくれまい」

父上は突如現れた母上に驚きながらも、彼女の考えに、諭すような言葉を返した。

「……けれどフェリスと婚約をする方が、絶対に国のためになるはずです」

「言っただろう。精霊は契約者を守ろうとする。契約者の意に沿わない形で精霊の力を手に入れようとして、契約者が我が国を見限った時、精霊の怒りが返ってくる。それが我が王家のみならず、国へ向けられれば、君は責任を取れるのか」

部屋の外で会話を聞いていた僕は、父の言葉が正しいと思った。

母上を止めるために、僕は謁見室《えっけんしつ》に踏み入った。

「母上。もうやめましょう」と言いかけて、扉を開いた僕が目にしたのは、泣き崩れて侍女に支えられる母上の姿だった。

「だったら、フェリスはどうすれば！　この間のように命を狙われたら……まだあの時の犯罪者も捕まっていないのに、誰に守らせればよいのですか！」

いつも勝気で、周囲を威圧するかのように言葉を紡ぐ母の涙を、初めて見た。

僕は母上とは、あまり会話をした記憶がない。

強い口調で話しかけられると、叱られているような気持ちになってしまって、母は自分のことが嫌いなのだと思い込んでいた。

……しかし。

「母上は僕を心配して、ユナとの婚約を進めていたのですね」

「心配に決まっているでしょう！」

しかし、部屋に入ってきた僕に対して、一瞬キョトンとした母上は、いつもの強い口調でためらいもなく答えた。

ハラハラと流れる涙に、胸がキュウと苦しくなった。

「君の気持ちもわかるが、それは騎士の仕事だ。フェリスと同じ年の令嬢や、婚約相手に求めるものではない」

母上の肩を、父上が抱く。

「大丈夫だから落ち着きなさい」と囁《ささや》くその姿に、僕は自分が、父と母の二人から愛されていたのだと改めて実感した。

父は忙しくて、母は怖くて。僕にはミルフィしかいないのだと思っていた。

そのミルフィに裏切られた時、心が真っ黒になってしまうようだった。

けれどノルディアとユナに助けられて、友達ができた。

母上が無理矢理に婚約を進めようとして、理由も聞かされずにずいぶんと振り回された気もしたけれど、愛しているが故の暴走だとわかった。

心を染め上げていた闇が、いつの間にか綺麗に消えてしまったようにスッキリとしていた。

「お話はまだ続きそうですの？　フィー、暇なので魔法を使ってノルディア様を見ていても良いです？」

「……ノルディアが迷惑に思うようなことはするな」

そんなしんみりとした雰囲気も、暇そうにしていたユナにこっそりと尋ねられたことで、台なしになってしまったのだけれど。

◆　◇　◆

「ノルディア様！　国王様から婚約を認める証書が届いたのです！」

お茶会に参加するために王城へ行った次の日、王城からノルディア様との婚約を認めるといった旨の手紙が届きました！

「ユナ様、その証書は厳重保管品ですから！　返してください～！」

ノルディア様に見てもらうために、お家から持ってきてしまいましたが、青藍に怒られてしまいました。

ノルディア様は「ユナ、あんまり困らせるようなことを……ユナ？」と、最初は注意をしようとしていたようでしたが、なぜか途中で口を噤《つぐ》んでしまいました。

一瞬眉を顰《ひそ》めて、ノルディア様はゆっくりと地面に膝をつきます。

「良かったな。けど、どうした？　嬉しい……ってだけじゃねぇ顔だな」

……ノルディア様には隠しごとができません。

作っていた笑みも、ノルディア様の前では消えてしまって。

「……ノルディア様だけの秘密にしてくれるのです？」

「おう」

「王城に招かれた時、フェリス王子……フィーに会ったのです」

「最近来ねェな。元気にしてたか？」

「元気……だったのです。でも、ミルフィさんがまだ捕まっていなくて、食べ物に毒も盛られたのです。少しケーキを食べただけなのに真っ青になって、死んでしまうかと思ったのです」

ぽつりぽつりと呟くうちに、どんどん悲しくなってしまって。ノルディア様に抱きついて顔を隠しながら、青藍にも伝えることのできなかったフィーの話を吐き出します。

フィーは「このことは誰にも言わないでくれ」と言っていましたが、私が一人で抱えるには重すぎる秘密でした。

「大丈夫だったか？」

「はいですの。ちゃんと魔法で綺麗さっぱり解毒をしたのです」

ぎゅうと抱きしめてくれる腕に力を込めて抱きしめ返し、それから「フィーが死んでしまうのは悲しいのです」と呟いてしまいました。

ノルディア様に会うまでは、苦しそうなフィーのことを思い出してはモヤモヤとしていましたが、ノルディア様に話を聞いてもらったら、私が何をしたいのかわかった気がします。

「ノルディア様、私、ミルフィさんを捕まえたいのです」

それはきっと、ノルディア様以外に言ったなら、無理だと言われるようなことで。

けれど、ノルディア様はなんてことのないように、「おう」と頷いてくれます。

「ノルディア様の力を貸してほしいのです」

「任せろ」

背中を優しく叩いてくれる手の平は優しくて、当たり前のように返されるのは承諾の言葉で。

やっぱりノルディア様は世界で一番格好良いです。

エピローグ　攻略対象その五と一緒に旅立ちます

「……ユナ様、一応の確認ですが、ミルフィさんというのはフェリス王子を暗殺しようとしていた者の名前で間違いないでしょうか？」

……私とノルディア様の会話スピードに取り残されていた青藍は、私の手から婚約の証書を取り返しながら尋ねてきました。

国が探しても見つからない暗殺者を探そうと言い出す私に、明らかに厄介事が起こりそうな気配を感じて、青藍の尻尾がへにゃりと地面に向かって垂れ下がっています。

ヨルはともかく、ノルディア様はミルフィさんが誰かを知った上で、平然と「捕まえるって言ってもなぁ……どこにいるかわからねェし……」と言っているので、私を止めるための頼りにはならないと判断したのでしょう。

「見つかるかはわからねェが、やれるだけのことはやるか」

「国王様と王妃様に恩を売っておく良い機会ですの」

もしノルディア様が「やめておこう」と言うならば、私は二つ返事でミルフィさんを追うのをやめますが、私の唯一のストッパー役もやる気に満ちている様子なのです。青藍は渋々といった様子で言ってくれました。

「ああ、もう！　仕方ないですね！」

渋々といった様子ですが、青藍も私に協力をしてくれるようです。

「青藍もありがとうですの！」

「ユナ様の後を必死になって追いかけたり、無理矢理引っ張られていくよりはマシですから！」

頭を抱えながらも、青藍はキッと顔を上げて覚悟を決めてくれました。

ノルディア様にヨルに、青藍までいたら怖いものなしです！

「そうですね、まずは国の情勢などを調べて、アルセイユ様に報告を上げるのが最善かと思うのですが……あの、ユナ様？　この手はなんでしょう？」

後ずさりをしようとする青藍の腕を掴んで、私はヨルに視線を向けます。

上を向いたばかりだった青藍の耳が、へにょんと力を失って落ちていきます。

「あの、ユナ様？　なんで私の腕を掴んでいるのでしょうか？　ユナ様……」

こうしている間にも、フィーが危険な目に遭っているかもしれません！

思い立ったが吉日です！　すぐに暗殺者探しを開始しましょう！

「ノルディア様、少し前に戦争をしていた国があると聞いているのです！」

「あー……キュラスのことか。確かにあそこは、今も小競り合いをしてるな」

乙女ゲームのストーリーでは、ゲーム開始時の少し前に、ユーフォルビア王国とキュラス王国が戦争をしていた描写があります。

現実の今は、まだその戦争が始まっていませんが……今回の件に、多分関係はあるでしょう！

「俺の故郷がキュラスとの国境付近だから案内はできるな」

「ノルディア様の故郷ですの⁉　それは絶対に一度は行きたい聖地ですの‼」

ノルディア様を育《はぐく》んでくれた土地なんて、絶対に一度は訪れたいです！

私の意思を正確に読み取ってくれたヨルが、大きな鳥型に姿を変えてくれます。

「ユナ様、調査は数日かかります。キュラスのことも私が調べますから、今日はゆっくりとお茶でも飲んでいていただければ。……ユナ様、私の話を聞いていませんよね⁉」

青藍だけは震えながら汗を流していますが……いつも通りなので、問題ありません！

「帰りは〈影移動《シャドウムーブ》〉で帰ってくれれば良いのです。とりあえずノルディア様の故郷に行ってみますの！」

私とノルディア様、青藍が乗っても大丈夫な大きさのヨルの背中に、ノルディア様が飛び乗ります。

「重くねェか？」

「大丈夫。魔力たくさん貰っタ！」

ヨルの心配もするノルディア様は優しいです。

私もノルディア様に続いて、青藍と一緒にヨルの背中に飛び乗ります。

「わかりました！　諦めますから、せめて報告だけでもさせてください！　リージア様！　アルセイユ様！　リディナ様！　誰でも良いから来てください～!!」

必死に叫んで、青藍はいつも元気いっぱいですね。

「ゴーですの！」と私の指揮で、ヨルが羽ばたきます。

バサリと空が近くなる感覚に、青藍はがっくりと膝をついてしまいました。

「フィーはもう、私にとっても、ノルディア様にとっても友達ですの」

空に向かって羽ばたくヨルの上で、私はポツリと呟きます。

私は基本的にノルディア様以外、どうなっても良いと思っているのですが……今回のことに関してはフィーと友達になっている時点で、他人事ではありません。

私もそうですが、ノルディア様とフィーも友達で。きっとフィーが傷ついたら、ノルディア様も悲しんでしまいます。

私はノルディア様の関わっていることに、妥協したくありません。

だって私は、推しが笑顔になる物語が大好きだったのです！

だから……暗殺者でも戦争でも、ノルディア様を悲しませるようなことは、私が絶対に許さないのです！

「ノルディア様のいる世界は、絶対にハッピーエンド以外認めないのです‼」

推しの幸せを守るため、今日も私は我が道を突き進みます！

書き下ろし番外編

元悪役令嬢inマスカレードパーティー

～隣国の国王は、聖女に想いを受け取ってもらいたい～

――ユナ・カモミツレ殿――

先日は俺様の恋愛相談に乗ってくれてありがとう。心惹かれているジャスミン嬢へアプローチをしても全く本気にされず悩んでいたから、話を聞いてもらえて助かった。

まぁ、ユナからは助言らしい助言は貰えなかったけどな。

「リリアさんはあげないのです」だとか、「リリアさんはレオン国王にはもったいないのです」だとか、「リリアさんを泣かせたら報復するのです」だとか、最後の方は脅迫になっていた気もするが、悩みを聞いてもらっただけで少し楽になったよ。

だが、まぁ……キュラス王国に帰る前に、せっかくだからとノルディアにも相談をしてみたんだが、ノルディアはすごく真剣に話を聞いてくれたぞ。「ジャスミン侯爵令嬢は身分を気にしているのではないか」と真っ当な助言もくれた。ノルディアはユナと違って優しいな。

ノルディアの助言を生かして、身分を隠した状態でジャスミン嬢へアプローチをするために、今度マスカレードパーティーを開こうと思っているんだが、ユナも参加しないか？

俺様主催の正式な催し物として開催する予定だから、フェリス王子と近衛《このえ》騎士のノルディアは参加すると思うぞ。ノルディアの礼服、見たくはないか？　来てくれるような正式な招待状を送る。

……追伸。ジャスミン嬢が時折ユーフォルビア王国を恋しがっているような、寂しげな表情をする時がある。できれば友人でも数名連れて、ジャスミン嬢に会いに来てもらえるとありがたい。

――レオン・キュラス――

そんな手紙が届いたのは、隣国の王兼私の友人でもあるレオン国王が、私の自宅にふらっと遊びに来た数日後のこと。

私が学生の頃から、魔法を使っては一人で出歩いていたレオン国王の自由奔放さはいまだに健在で、先日も護衛を付けずに遊びに来て、恋愛相談だけをしてふらっと帰ってしまったのでした。

その時は私の友人でもあるリリア・ジャスミンさんのことを「好きだと言っても、信じてもらえない」だとか言っていたような気がしますが……そこからどうしてマスカレードパーティーなんて話になったのでしょう⁇

「ユナ、ますかれーどぱーてぃーってなんダ？」

一緒に手紙を覗《のぞ》き込んでいた闇の精霊のヨルが、黒猫の姿に擬態をした頭の上にハテナマークを浮かべながら問いかけてきました。

「マスカレードパーティーは、お客さんが仮面をつけて参加するパーティーですの。私も参加したことはないので詳しくはわかりませんが……」

「仮面？　なんでそんなものつけるんダ？　誰が誰だかわからなくなるゾ？　人間って変なことを考えるんだナ」

興味なさげに呟いたヨルでしたが、何かに気が付いたように「オイラはユナが仮面をしてても、魔力で見つけられル！」と自慢げに言いました。

ヨルの言うように、レオン国王は仮面で誰が誰なのかわからない状態で、リリアさんに近付くつもりなのでしょうか？　でも、魔法が得意な人なら魔力の質で個人を識別することができます。

それに髪色や背丈、目の色なんかでも個人を特定することはできるでしょう。特にレオン国王のように身分が高く、その容姿が覚えられてしまっている人なら尚更。その辺りをどうするつもりなのでしょう？

そんなことを考えていれば、ふと手紙とは別にもう一つ荷物が届いていることに気が付きました。少し膨らんだ茶封筒の差出人は、手紙と同じレオン国王。茶封筒を開いて確認してみれば、中に入っていたのは目元だけを隠す程度の仮面でした。

真っ赤なドラゴンを模した仮面には、緑色の宝石で装飾がされていて、ノルディア様の髪色と私の瞳の色が使われているようで素敵です。

けど、この仮面、ずいぶん魔力が残っていますね。この感じは……

「魔法が掛けられてル？」

……ヨルも気が付いた通り、認識阻害の魔法が掛けられているみたいです。

「本当ですの。この仮面を被っただけで、誰が誰だかわからなくなってしまうのです」

レオン国王の言う「身分のわからない状態でのアプローチ」とは多分、「認識阻害の魔法の下でリリアさんに接触する。その状況が不自然にならないよう、参加者全員が認識阻害の仮面をつけたパーティーを開催する」といったところでしょうか。

でもそれはつまり、参加者全員分の仮面を用意するということ。仮面一つ一つに魔法を掛ける手間も考えると、準備に相当時間が必要なはずです。

「な、なんカ……すごい大きい話になってル……？」

「……なっているのです」

まさかノルディア様の助言で、隣国主催のパーティーが開かれてしまうなんて。彼がこの話を聞いたら頭を抱えてしまいそうです。

小さくため息を吐いた私ですが、実際にはそんなに怒っていません。レオン国王の行動は若干暴走気味ですが、リリアさんのことを想ってのことですから仕方ないでしょう。それに学園を卒業して以来、あまり会えていないリリアさんの顔も見たいです。

「参加させていただきます、っと」

紙とペンを探してレオン国王への返事を書いて、そのまま魔法でレオン国王の元へと飛ばします。これでそのうち、正式な招待状が届くでしょう。

「オイラの分の仮面もくれるかナ？」

「頼んでみるのです」

そんな会話をヨルとしながら、残る問題……レオン国王の言う「友人を連れてきてくれ」という頼みの部分をどうしようかと考えます。

リリアさんと仲の良かった人……関わりが多かった人は……そうですね……

◆　◇　◆

「という訳で、友人を数名連れてきたのです。ユーフォルビア王国第一王子、フェリス殿下の婚約者であり、グリーンベル公爵家の御令嬢のフリージア様と……」

「フリージア・グリーンベルですわ。本日はお招きいただきありがとうございます」

「魔王ハルジオンが溺愛していて、魔王を止められる唯一の存在であるサクラ様と……」

「えっと、サ、サクラです。今日は呼んでいただきありがとうございます！」

「光華国《こうか》の王姉で、光華国王に執着されている竜胆《りんどう》様ですの」

「竜胆と申します。本日はお招きいただき、恐悦至極《しごく》に存じます」

マスカレードパーティーの当日。ノルディア様とは別行動でキュラス王国にやってきた私は、事情を話して同行してもらったメンバーをレオン国王に紹介しました。

ちなみにフリージアさんは赤いスレンダータイプのドレス。サクラさんは薄ピンク色のふんわりと可愛らしいドレス。竜胆さんはうっすらと透け感がある黒レースのドレスです。

三人ともよく似合っていて綺麗なのですが、どうしてかレオン国王はにっこりとした笑みを張り付けたまま固まってしまいました。なんだか様子がおかしいですね？

「ユナ？」

にっこりと固まった笑みのまま、レオン国王がちょいちょいと手招きをしてきます。

「なんだこのメンバーは？」

「なんだと言われましても……手紙の通りにリリアさんと関わりの多かったフリージアさん、サクラさん。リリアさんと一緒に光華国まで旅をした竜胆さんです」

「魔王の溺愛と、光華国王のご執心か……公爵令嬢のフリージア嬢が一番真っ当に思えるのが異様だな。護衛は付けるが、万が一の時はユナが守ってくれ」

「もちろんですの。……でも、私の出番はないと思うのです」

「どういう意味だ？」

「噂のストーカーさん達が、上空にいるみたいですの。何かあったら勝手に出てきてくれると思うのです」

「……」

私の言葉で魔力探知をしたのか、上空に留まる魔王ハルジオンと光華国王雛菊《ひなぎく》の魔力に気が付いたらしいレオン国王は、一瞬だけ息を呑みました。そして数秒考え込むような仕草をしてから、レオン国王は「連れてきてくれ」と私に向かって言います。

「いいのです？」

「知らないところで騒ぎを起こされるよりは良い。それに執着している相手が傍にいる方が、まだ大人しくしているだろう」

「……?? なんでこっちを見ながら言うのです？」

「お前も上のストーカーと似たようなものだろうが」

なんだか失礼なことを言われていますが、遥か上空にいる二人を呼びに行けるのは私かレオン国王くらいなので、言われた通りにしておきましょう。

「貸し一ですの」

「お前に貸しを作るのはなんとなく嫌だな。早々に返しておこう。ノルディアに渡した仮面は白い竜の仮面だ。赤い宝石飾りがついている」

「ナイス情報ですの！」

「ちなみに竜の仮面は要警戒人物という証《あかし》だ。ノルディアに手出しする者はないから安心しろ」

「最高ですの！」

さすがレオン国王。仕事が早いですね。ノルディア様にちょっかいをかける人がいないのは安心です。

「フリージア様、サクラ様、竜胆様、私は少しだけ席を外すのです。ヨル、付いてきてほしいのです」

ヨルはいつの間に渡されていたのか、白色の蝶のような形の仮面をつけていました。ヨルの黒い毛色と正反対の色で、良く映えて綺麗です。

「似合っているのです」

「ウン！　オイラも気にいっタ！」

そんな会話をしながら、私はヨルと一緒に〈影移動《シャドウムーブ》〉で上空に向かいます。影の中を通り抜けて、空の上。巨大な二つの魔力がある場所には、予想通りの二人がいました。

「姉様を一番美しく着飾ることができるのは光華国の伝統衣装ぞ！　それを他国のドレスで来いなどと無粋な注文をしおって！　……だが、まぁ、黒色のドレスも良《よ》いな。姉様の妖艶さが増しておる」

竜胆さんのことで何か怒っているらしい、光華国の雛菊女王。

「……心配だ。サクラを害する人間はいないだろうか。心細い思いをしていないだろうか。やはり得体のしれないパーティーになど、行かせない方が良かっただろうか……」

サクラさんのことが心配でたまらないのか、青白い顔でブツブツと呟く魔王、ハルジオンさん。

二人は自分が想っている相手のことしか見えていないのか、お互いそんなに距離が離れていない場所にいました。

ちなみに雛菊女王は得意の結界魔法で自分を覆って空に浮かんでおり、ハルジオンさんは自身の配下のフェニックスの背中に乗って空を飛んでいます。私にはそのどちらの方法も無理なので、闇魔法で足場を作り出しました。

一応私が来たことに気が付いたのか、ちらっとこちらを見た二人に、にっこりと笑いながら尋ねます。

「こんな遠くからではなく、もっと近くから推しのドレス姿を見たくないのです？」

「「……見たい」」

見事に揃った返事に、私は「そうですよね」と内心頷きます。だってそれはそうでしょう。私だってノルディア《推し》様が素敵な格好をしていたら、絶対に近くで見たいですもん。

「だったらこんなところにいないで、一緒に地上に降りるのです」

さて解決、と二人を連れていこうとしましたが、意外にも二人は渋ります。

「姉様には秘密で来ておる」

「……サクラが魔王《俺》の知り合いということで、迫害されたら困る」

「竜胆さんは怒らないと思いますし、サクラさんも大丈夫だとは思いますけど……でも、そういうことならせっかくのマスカレードパーティーですし、認識阻害の仮面をつけた状態で二人に近付けば良いのです」

私の言葉に雛菊女王もハルジオンさんも納得したのか……完全に納得はしていなくても、推しのドレス姿に抗《あらが》えなかったのか……大人しく私と一緒に降りてくれることになりました。

そのままレオン国王のところに向かってしまうと、サクラさんや竜胆さん、他の人にも二人の存在がバレてしまうので、こっそり裏口から入ります。レオン国王も私達の動きに気が付いたのか、王城の裏口についた頃には執事が迎えに来ていました。

「この二人にも仮面を用意してほしいのです」

「レオン国王から承っております。こちらをどうぞ」

執事は持ってきていた竜の仮面を二人に渡しながら、「もう少ししましたら、ユナ様のお連れ様がこちらにいらっしゃいますので、雛菊様とハルジオン様は別室へご案内をさせていただきます。その際に、予備の衣装にはなってしまいますが、お召し物を替えることもできます。いかがなさいますか？」と聞いてくれました。

雛菊女王は光華国の衣装ですし、ハルジオンさんはいつも着ているような服です。このままではパーティー会場で浮いてしまうので、希望すれば着替えを貸してくれるということなのでしょう。ずいぶん用意が良いですね。レオン国王、このパーティーに気合いを入れすぎじゃないですか？

執事に大人しく付いていった雛菊女王、ハルジオンさんと入れ違いで、フリージアさん、サクラさん、竜胆さんがメイドに連れられてやってきました。

「き、緊張した……」

レオン国王との謁見《えっけん》に気を張っていたのか、サクラさんは半分涙目になっていました。ハ、ハルジオンさんがここにいなくて良かったですね。サクラさんが嫌な思いをしないか、気にしていましたから……。

「あら、ユナさん。戻っていらしてたの？」

フリージアさんは上位貴族として王族に会うのは慣れているのか、平然としています。

「ずいぶんと遠くまで移動してたが……ん？」

何かに気が付いたような表情をしたのは竜胆さんです。不思議そうに辺りを見渡してから、「まさかな」と呟きました。

「もう用事は終わったのです。パーティーの開始時間まで少しあるので、リリアさんのところに向かいますか？」

　なんとなく雛菊女王の存在に気が付いたような竜胆さんの気を逸らすため、話題をリリアさんのことに変えてみます。私の言葉に、サクラさんが「それがね……」と少し困った顔をしました。

「今朝がた病院の方で急病人が出ちゃったみたいで、リリアさんその対応で病院に行っているんだって」

「レオン国王が戻りはパーティーの直前か、もしかしたら始まってからになってしまうかもと言っていましたわ」

「パーティー中に会えなかったら、明日の朝に時間を作ってくれるらしい」

　サクラさんに続いて、フリージアさん、竜胆さんも説明をしてくれました。人のために朝から動き回るなんて、優しいリリアさんらしいです。

　そういうことなら、パーティーで会えることを楽しみにしておきましょう。マスカレードパーティーなので、うまくリリアさんを見つけられるか自信はありませんけれど。

　……そういえば、レオン国王はどうやってリリアさんを見つけるつもりなのでしょうか？　私は渡しているピアスの魔力を辿って、居場所を調べることができるので簡単にノルディア様を見つけられますが、リリアさんにも何か目印があるのでしょうか……？

◆
◇
◆

マスカレードパーティー始まりの合図となる鐘の音が響いたので、仮面をつけて皆と会場に向かったのですが……

「う、わぁ……すごい人の数……」

そう呟くサクラさんの背後には、いつの間にかハルジオンさんがピッタリとくっついていました。

認識阻害の仮面のため、近くにいる私ですら意識しないとサクラさんがどこにいるのかわからなくなる状態なのに、よくこんなにすぐ背後を取れましたね⁉

私の「信じられない」という目線に気が付いたのか、ハルジオンさんは「サクラのことは常に配下の魔物に守らせている。魔物の気配を辿れば、サクラがどこにいるかはわかる」と小声で伝えてきました。サクラさん、常に魔物を通して魔王からストーカーをされているんですね……

憐れみの目線を送ってみましたが、当のサクラさんはキョトンとするばかり。

「ユナさん⁇　あ、あのサンドイッチ美味しそう！　ケーキもある！」

「ううん、自分で取ってくる！　……あれ？　今、誰と話したんだろう？」

それどころか、ハルジオンさんと会話までしておきながら、まだハルジオンさんの存在に気が付いていません。鈍すぎません⁉　ま、まぁ、その方が幸せなことってありますよね……

そんなことを考えながら、サクラさんが食べたいという軽食コーナーに向かっていると、竜胆さんが不意に立ち止まりました。数名の参加者が固まっている方向をじっと見つめた竜胆さんは、少しだけ首を傾げてから「やっぱりそうだよな？」と小さく呟きます。

「雛菊？　なんでここにいるんだ？」

そう竜胆さんが話しかけたのは、雛菊さんとはかけ離れた姿の女性でした。腰も曲がっていて、年齢は七十歳くらいでしょうか？　驚いたような表情をするその人に向かって、竜胆さんは再度「変装なんかしてもアタシにはバレバレだぞ」と言います。

老婆は一瞬とぼけようとしたみたいですが、無駄だと思ったのか、降参というように両手を上げました。

「さすがです。姉様」

「アタシは妹の姿くらい見分けられるさ」

そんなやり取りの後、老婆が消えて、雛菊さんの姿が現れました。恐らく魔法を使って姿を変えていたのでしょう。姿を変える魔法に加えて、認識阻害の仮面をつけていれば、なかなか見分けられそうにないですが……どうやって竜胆さんは雛菊さんがわかったのでしょう？　姉というものは皆、特殊な能力でも持っているのでしょうか??

「まぁ、白状すると匂いで見つけたんだ」

「匂い、ですの？」

「光華国の香木は特徴的な匂いがする。さっき廊下でも香ったから、もしかしたらと思っていたんだ。近くで嗅いだから確信したけど、やっぱりこの香りは雛菊のものだったよ」

その言葉に、雛菊女王は感激したような表情で竜胆さんに抱きつきます。

「姉様に匂いを覚えてもらえるなんて感激です！　雛菊も！　雛菊も姉様の香りを覚えます！」

「おっと……」

飛びついてきた雛菊女王を受け止めた竜胆さんは、まとわりつかれながらも「行っていいぞ」と仕草だけで伝えてくれました。邪魔をしたら雛菊女王が怒りだしそうなので、そうっとその場を離れます。

「……竜胆様もサクラ様も大変ね」

ボソリと呟いたフリージアさんに、サクラさんは「私？　なんで？」と、サンドイッチを頬ばりながら不思議そうにしています。

「認識していない方がまだマシかしら……ああ、ごめんなさい。ユナ様はあっち側ですものね。共感できませんわよね」

「あっち側ってなんですの⁉」

「……自覚がないのも怖いですわ」

「私はあそこまで酷くないのです！」

「うーん……そうでしょうか……」

「そ、それより！　フリージアさんはフェリス王子を探さなくて良いのです？」

「フェリス殿下？　ええ、自国に戻ったらいくらでもお会いできますから。今回は同伴での出席でもありませんし、お会いできた時は挨拶だけいたしますわ」

私にとってあまり好ましくない話の流れになってしまいそうだったので、強引に話題を変えてみたのですが、フリージアさんの反応は思っていたよりもクールでした。

「あ、あそこにいるのってフェリス王子じゃないですか？　一瞬仮面が外れかけて、顔が見えちゃいました！」

そのクールな顔も、たまたまサクラさんがフェリス王子を見つけたと告げた瞬間、崩れ去ってしまいましたけど。

「あれ？　フリージアさん、顔が真っ赤ですよ？」

「あれあれ？　もしかしてフェリス王子が格好良くて照れて、恥ずかしくて近寄れないのです？」

「う、うるさいですわ！」

プイとそっぽを向くフリージアさんは可愛いです。フェリス王子もフリージアさんに気付いたのか、こちらを見てクスクスと笑っています。

「フリージアさん？　無事にフェリス王子とお会いできたのです。挨拶は良いのですか？」

「……してきますわ」

照れ隠しなのか、フリージアさんはプリプリしながらフェリス王子の元に向かっていきます。私も一緒に行こうかと思いましたが、サクラさんとハルジオンさんを残していくのは怖いです。かといって、魔王をフェリス王子に会わせる訳にもいきません。

フェリス王子のところにはノルディア様もいますし、フリージアさんは任せてしまっても大丈夫でしょう。今は本来の目的のリリアさんでも探して……

――ガシャン‼

……探しておこうと思ったのですが、ガシャン？　なんの音でしょう？

何かが割れる音に、一瞬会場が静かになりました。振り返った先に見えたのは、元は白かったであろうドレスを赤く染めた女性が、割れたワイングラスの横で倒れてしまっている光景でした。

ざわついていく会場の中、一人の少女が倒れたまま立ち上がれないでいる女性に駆け寄っていきます。「大丈夫ですか⁉」と声を掛け、少女は自分のドレスが汚れるのも気にせず、女性を割れたワイングラスから離れた場所まで誘導しました。

少しだけ遅れて会場スタッフがやってきて、割れたワイングラスを片付けてくれたのですが……あの少女、もしかしてリリアさんでしょうか……？　確信はないのですが、リリアさんなら誰かが怪我をしてしまった時、一番に助けに行きそうなイメージがあります。

身長もリリアさんと同じくらいな気がしますし……さっきの声もリリアさんに似ていたように感じますし……ああ、もう！　認識阻害の仮面のせいでわかりにくいですね‼

「……失礼、大丈夫ですか？」

リリアさんと思われる人に声を掛けるか悩んでいると、私よりも先に話しかけに行った人がいました。黄色の獅子の仮面を被った男性ですが……どう見てもレオン国王です。背後にレオン国王の契約している光の精霊、ラーノさんが隠れていますから……

　ということは、あの少女はリリアさんで確定ですね。多分転んでしまった女性はレオン国王の仕込みでしょう。そそくさと会場から出ていこうとしているのが何よりの証拠です。

「えっと、私は大丈夫ですが、こちらの女性が転んでしまって。怪我はないみたいなのですが……って、あれ？　どこに行ってしまったんでしょう??」

「先ほどの女性なら会場の者に案内されていきましたよ。俺様……ではなくて、私が心配をしているのはあなたのことです。ドレスが少し汚れてしまっている」

　レオン国王の指摘に、リリアさんは着ているドレスに視線を落としました。少しだけ汚れた裾を見て、リリアさんは「あら、本当」と呟きました。

「ドレスは洗えば汚れが落ちます。誰も怪我がなかったのなら良かったです」

「……お優しいのですね」

「そんなことありません。誰かが困っているのを見過ごすより、自分が動いた方が後悔をしないから……だから声を掛けただけで、私の行動はただの自己満足なんです。優しさなんかじゃありません」

「そんなことない！　……いや、ありません。誰かのために、見返りも求めずに動こうとするあなたは、誰がなんと言おうとも優しい」

「えっと……」

「すまない。つい熱くなってしまった」

「……ふふ。あなたこそ優しいんですね。見ず知らずの私を、こんなに必死に励ましてくれるなんて」

リリアさんと話せる機会を逃したくないのか、どこか必死な様子で話すレオン国王に、リリアさんはクスクスと小さく笑っています。なんとなく良い雰囲気に見えます！

「……突然こんなことを言ったら、困らせてしまうかもしれない」

「なんでしょう？」

「私にとってあなたは、見ず知らずの人ではないのです。ずっと前からあなたのことを見ていた。優しくて繊細なのに、強くて勇敢なあなたのことを。当然のように他人のために動くあなたのことを。とても尊い人だと思って、気が付けばいつも目で追ってしまっていた」

レオン国王の言葉に、私の隣にいるサクラさんが「キャア」と小さく声を上げました。

確かに、横で聞いているだけでも照れてしまうような言葉です。

それを直接聞かされているリリアさんは……仮面越しにもわかるくらい真っ赤になっています。

「その、なんか、告白みたいですね。……って、何言っているんでしょう。自信過剰で恥ずかしい。でもそんな風に見てもらえて嬉しいです。私のしてきたことは、間違ってなかったって思えます」

真っ赤な顔で、はにかんだように笑うリリアさんに、レオン国王が「みたい、ではないのですが……」と言いました。

「え？」

「ですから、これは告白以外の何ものでもありません。私はあなたが好きです。これからもきっと、あなた以上に素敵だと思える人に会える気がしない」

キョトンとするリリアさんの手を取り、手の甲に軽い口づけを一つ落として、レオン国王は「だからどうか……」と言葉を続けます。

「この先の未来、俺様と一緒に過ごしてくれないだろうか？」

そう言って、少しだけ仮面をずらしたレオン国王の素顔に、リリアさんは驚いたように目を大きく開きました。まさか自分が話している相手が、キュラス王国の国王だとは思っていなかったのでしょう。

困惑したような表情を浮かべたリリアさんですが、ふと何かに気が付いたように視線を下に落としました。リリアさんの視線を辿れば、そこにあったのは、小さく震えるレオン国王の手でした。

「あなたに……ジャスミン嬢に直接触れるのはこれが最後になるかもしれないと思うと、情けないことに震えが止まらない」

気まずそうに視線を逸らすレオン国王を前に、リリアさんは優しく笑いました。

「ご友人からでは駄目ですか？　私《わたくし》もキュラス国王のことを色々と知りたいです。例えば……その、いつも堂々としていらっしゃるキュラス国王が、恥ずかしそうにしている姿とかをもっとたくさん」

「……ずいぶんと悪趣味じゃないか？」

「私だけが見ることができるお姿だと考えると、なんだかとても可愛いもののように思えてしまって……嫌でしょうか？」

「それで君が手に入るなら、喜んで見せよう」

恥ずかしいのか、少しぶっきらぼうな口調で言ったレオン国王が、口調とは裏腹に優しい表情でリリアさんに笑いかけました。やっぱりなんだかとっても良い雰囲気で、あの二人がくっつくのも時間の問題のような気がします。

「すごい！　ロマンチックで素敵！」

……ただ、隣のサクラさんが興奮して騒いでしまっているので、レオン国王とリリアさんに見つかる前に二人から離れた方がいいでしょう。サクラさんの手を取って歩き始めた時、サクラさんが「良いなぁ」と呟きました。

「私もあんなロマンチックな告白されたいなぁ」

サクラさん、そろそろ口を噤《つぐ》んでもらってもいいでしょうか……

サクラさんの後ろのストーカーが「なるほど」とか言っているの、本当に聞こえていないんですか？　耳、大丈夫ですか⁉

でも、まぁ……

「フリージア、良かったら一緒に回ってくれないかな？　今日の君も素敵だから、一人にしてしまうのが不安なんだ」

「あ、ありがとうございます。殿下も、その、素敵ですわ……」

「姉様！　姉様！　雛菊と一緒にあのケーキを食べてほしいです！」

「ケーキか。甘味はあまり好きじゃないんだが、物は試しだな」

「サクラ、君が望むなら僕はなんだってするよ」

「私もいつか、私のことが一番好きって言ってくれる人に会えるかな？」

「リリア嬢、今は友人でも、いつか必ず俺様のことが好きだって言わせるからな……だからそれまで、他の人には靡《なび》かないでほしい」

「は、はい……どうしよう、レオン国王のしょんぼり顔を見ると、なんだかドキドキしてしまいます……」


……皆が幸せそうなので、私まで幸せな気持ちになってしまいます！

少し前まで敵国だった人もいるのに、今はこんなに平和な関係を作れるなんて思ってもいませんでした。『君と紡ぐ千の恋物語《乙女ゲーム》』の世界も大好きでしたが、今はこの、ゲームの設定からかけ離れてしまった世界も大好きです。

大好きなノルディア様と一緒になれて、友達もできて、その友達も皆幸せそうに笑っている。これ以上に嬉しいことなんてありません。

こんな日々が毎日続けば良いですね！

【おまけ】


「……おい、ノルディア」

「なんでしょう、フェリス殿下？」

「珍しくユナが周りに振り回されているぞ」

「振り回されていますね」

「良いのか？　助けてやらなくて？」

「勤務中の身なので。ユナだってそれがわかっているから、今日は近寄ってこないでしょう」

「なるほど、だから今日は大人しいのか」

「……まぁ、そうですね」

「てっきり衣装がどうだとか、仮面がどうだとか、似合っているだの叫んで寄ってくるかと思っていたから、明日の天気は槍でも降ってくるんじゃないかと心配していたんだよ」

「……まぁ、そうですね。一通り自宅でやってきましたよ」

「そうか、自宅で……」

「多分帰ってから、もう一度始まるでしょうね」

「そうか……もう一度……嫌なことはちゃんと言うんだぞ……」

RC
Regina COMICS
悪役令嬢だそうですが、
攻略対象その5以外は興味ありません
1~2
原作：千 遊雲
漫画：タロコ
大好評発売中!
ある日突然、大好きな乙女ゲームの悪役令嬢に転生したユナ。本当はヒロインの恋路を邪魔する役割なのだけれど……ヒロイン？ シナリオ？ そんなの関係ありません！ 愛してやまない『攻略対象その5』の彼の役に立ち、喜ぶ姿を見るべく奮闘してたら…5歳で魔法のエキスパートになったり精霊と契約したりとシナリオはめちゃめちゃになっていて——!?
アルファポリス 漫画
検索
B6判
各定価:748円(10%税込)

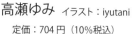

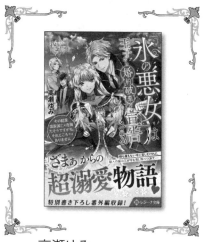

本書は、2021 年 2 月当社より単行本として刊行されたものに書き下ろしを加えて文庫化したものです。


この作品に対する皆様のご意見・ご感想をお待ちしております。

おハガキ・お手紙は以下の宛先にお送りください。

【宛先】

〒 150-6008 東京都渋谷区恵比寿 4-20-3 恵比寿ｶﾞｰﾃﾞﾝﾌﾟﾚｲｽﾀﾜｰ 8F
（株）アルファポリス　書籍感想係

メールフォームでのご意見・ご感想は右のＱＲコードから、
あるいは以下のワードで検索をかけてください。

アルファポリス 書籍の感想　検索

ご感想はこちらから

レジーナ文庫

悪役令嬢《あくやくれいじょう》だそうですが、攻略対象《こうりゃくたいしょう》その 5 以《い》外《がい》は興《きょう》味《み》ありません 1

千《せん》遊雲《ゆううん》

2023 年 9 月 20 日初版発行

文庫編集ー斧木悠子・森 順子
編集長ー倉持真理
発行者ー梶本雄介
発行所ー株式会社アルファポリス
〒150-6008 東京都渋谷区恵比寿4-20-3 恵比寿ｶﾞｰﾃﾞﾝﾌﾟﾚｲｽﾀﾜｰ8階
TEL 03-6277-1601（営業）　03-6277-1602（編集）
URL https://www.alphapolis.co.jp/
発売元ー株式会社星雲社（共同出版社・流通責任出版社）
〒112-0005 東京都文京区水道1-3-30
TEL 03-3868-3275
装丁・本文イラストー仁藤あかね
装丁デザインーAFTERGLOW
（レーベルフォーマットデザインーansyyqdesign）
印刷ー中央精版印刷株式会社

価格はカバーに表示されてあります。

落丁乱丁の場合はアルファポリスまでご連絡ください。

送料は小社負担でお取り替えします。


ISBN978-4-434-32615-8 C0193